我在；我在鹽鄉種田

林仙龍 著

四百年歷史之都，
淬鍊出臺南文學繁華盛景

　　臺南是一座充滿歷史風華的古都，擁有深厚的人文底
蘊，也是首座以文化立都的獨特城市。這座城市代代人才
輩出，不僅藝文發展蓬勃，更在豐饒的沃土上盛開出如百
花般的文學繁景，在地域風土上，自府城至鹽分地帶，由
老城區到廣闊的濱海和蓊鬱的山林之地，每個地區皆蘊含
著故事的濃鬱香氛，化為創作者的養分，孕育出不同地區
獨有的文學風景，並於文壇上各領風騷；在歷史縱深上，
從古典詩文、鄉土寫實文學，到當代的創新語彙，長久以
來不間斷地綻放著耀眼多彩的光芒，滋養且豐富了人們的
心靈內涵。

　　在即將歡慶文化之都四百年之際，欣見老中青及不同
文類領域的創作者共同為臺南的文學花園點綴出更加動人
的光彩與榮景，作品無論是使用本土語言或華文，文類不
論是現代詩、散文或評論集、報導文學等，在在都充滿了
在地的生命力。作為一座值得沉浸巷弄之間、細細感受品
味文化內涵的城市，長期推動文學發展，鼓勵與激發文學
創作能量，並同時持續出版文學作品，保存文學史料等，

皆是市府重要的文化政策之一，也是責無旁貸的首要任務。

　　臺南作家作品集累積至今已進入第十三輯，縣市合併後總計出版了八十四冊優秀文學作家的精彩作品。本輯經由臺灣文學專家學者：國立成功大學陳昌明教授、呂興昌教授、廖淑芳教授，以及國立中興大學廖振富教授和國立臺灣文學館林巾力館長等人所組成的編審委員，以主動邀稿和公開徵選等兩種方式，經一番評選後，共選出邀稿作品龔顯榮《拈花對天窗——龔顯榮詩集》、林仙龍《我在；我在鹽鄉種田》，及徵選作品顏銘俊《向文字深邃處摘星——華語文學評論集》、蕭文《記述府城：水交社》、許正勳《往事一幕一幕》、林益彰《南國夢獸》等六部優秀文學作品，兼顧資深作家作品與年輕世代的創作，內容豐富多元。感謝五位委員們的辛勞與獨到眼光，不使有遺珠之憾，也感謝作者們的珍貴文稿，共同榮耀了臺南文學，並為這座城市點亮光彩。

臺南市　市長　黃偉哲

局長序

一起領略文學帶來的心靈饗宴

　　臺南作家作品集的出版，是對臺南文學的致敬，也是作家們熱愛臺南生活與文化的真摯表達。今年第十三輯共出版六部作品，在字裡行間，書中每個角落流淌的故事，彷彿時光隧道，帶領我們重返時光；在每一篇章，都能感受到熱情與堅韌的在地文化精神貫穿其中，臺南飽滿的文學風景和故事情節躍然紙上。

　　龔顯榮是臺南先輩作家，於 2019 年過世。他的第一本詩集《來自靈山的一朵小花》出版於 1968 年，並直到 1990 年才發表第二本著作《天窗》，成為其巔峰代表作。可惜兩書皆絕版多時，此次經高雄師範大學退休教授李若鶯積極聯繫後代和各詩刊、文學雜誌，徵得詩稿和授權，終能編成《拈花對天窗——龔顯榮詩集》專書，再現前輩作家精彩詩作，極為珍貴難得。

　　資深作家林仙龍，出身鹽分地帶將軍區，早年離鄉在外工作，在歲月淘煉後，近十餘年在故鄉蓋了一幢小農舍，頻頻返鄉居住，過著一面耕農一面書寫的生活，完成詩、

文及田園景致交融的《我在；我在鹽鄉種田》，全書既描繪出鹽鄉特有的濱海與鹽田風景，也營造出情意靈動的境界。

顏銘俊，是哲學領域的年輕學者，除了學術研究，也長期書寫文學與電影評論，新書《向文字深邃處摘星——華語文學評論集》便收錄了三十三篇評論文章，計有二十九篇新詩評論、四篇散文評論，每篇皆是紮實的細讀細評，非泛泛討論，對於喜歡新詩的讀者們，是很具有參考價值的一本書。

出身府城地區眷村的蕭文，長期爬梳水交社眷村人文歷史和人物故事，最新作品《記述府城：水交社》內容以三大部分來深入記錄在眷村的生活經驗，也書寫出外省族群集體的共同記憶。

臺語文創作者許正勳是濱海地帶七股人，他早期擔任國中英語老師及國內外臺語師資培訓班講師等，曾榮獲多屆文學獎項肯定，著有《園丁心橋》、《放妳單飛》、《鹿耳門的風》及《烏面舞者》等多本臺語詩集、散文集。新書《往事一幕一幕》是其二十年完整的心情紀錄，立意樸

實，文字精煉，共分為地景、至親、黃昏、囡仔時、鹽鄉、人物、詠物、環保及心情、雜記等十輯，作者回顧一生的路，有甘有苦，一幕一幕，感觸良多，化為一首一首真誠的臺語詩篇。

年輕作家林益彰，曾榮獲不少文學獎項，並出版多本著作如《南國囡仔》、《臺北囡仔》、《石島你有封馬祖未接來電》、《金門囡仔‧神》等，作品亦常刊載於國內各報章雜誌。新書《南國夢獸》風格創新，詩句與詩意富奇幻風格，是新生代另類的書寫語言。

本輯六部作品，有如六場心靈饗宴，每一部作品都各有其不同的特色和精彩之處，在此邀請喜愛閱讀的朋友們，一起來領略臺南文學的多樣性面貌。

臺南市政府文化局　局長

傳承與累積

　　臺南作家文學從古典到現代，傳承不斷，縣市合併前至今，近三十年的作家作品集，每年都有豐碩的傳承與累積，老幹新枝，各呈風華。此次《臺南作家作品集》推薦與徵選作品輯共十一冊，最後決定出版推薦作品《拈花對天窗——龔顯榮詩集》、《我在；我在鹽鄉種田》，徵選作品《向文字深邃處摘星——華語文學評論集》、《記述府城：水交社》、《往事一幕一幕》、《南國夢獸》共六冊。

　　龔顯榮《拈花對天窗——龔顯榮詩集》。作者是府城前輩詩人，其作品富含哲理，轉折微妙，詩作〈天窗〉膾炙人口，早年即有意收入其作品出版，惜未能獲得手稿，此次幸經李若鶯老師與其家人聯繫，才得以授權，彌足珍貴。

　　林仙龍《我在；我在鹽鄉種田》。作者是著作頗豐的鹽分地帶作家，成名甚早。他的兒童文學、詩、散文都有相當多的讀者，此次以返鄉後生活為書寫主題，自然景物與田園生活，天光雲影，詩文並呈，筆下鹽鄉農漁生活與事物記趣，寧靜而不喧嘩，值得品味。

　　顏銘俊《向文字深邃處摘星——華語文學評論集》。
這是一本以現代詩評論為主的著作，本書逐字逐句分析詩
作，專注於詩句與詩旨的推演，作品詮釋深入，文字有味，
雖析論模式稍嫌固定，但作為愛詩者的導讀之作，堪稱適
當。

　　蕭文《記述府城：水交社》。作者出生眷村，長期挖
掘水交社眷村的人物故事與社區歷史，訪談紀錄甚多，發
表過許多相關文章。水交社是臺南眷村的重要指標，本書
考證蒐集許多第一手史料，記錄近代史縮影，題材深刻，
值得保存。

　　許正勳臺語詩集《往事一幕一幕》。作者長期書寫臺
語詩，早已卓然成家，此次透過地景與人物書寫，更為動
人。尤其第三輯「黃昏」，寫夫妻恩情與妻子罹病過世後
的思念，情真意切，感人肺腑。

　　林益彰《南國夢獸》。作者雖年輕，卻已得過許多文
學獎，擔任「南寧文學・家」進駐的藝術家，書寫臺南
三十七區，言語跳躍靈動，充滿奇思幻想，用典有趣，頗
具個人創新風格。

　　　　　　本輯主編　陳昌明
　　　　　　（國立成功大學中國文學系名譽教授）

作者自序

　　我出身鹽分地帶台南將軍，中學畢業以前，有十八年時間在家鄉成長，以後足足有五十年較長的時間，在外工作、忙碌。歷經歲月淘煉，近十餘年，我以週休兩日，偕同內人，頻頻回鄉返鄉小住停留，也戴上斗笠，在鹽鄉當個農人，更真實更貼近這裡的土地和生活。

　　我們在這裡種植兩分土地，也在這裡蓋了一幢小農舍。很簡陋的屋子，打開大門，就是田地。這倒也是個適宜落腳的地方，也讓我們有更多的時間，循著舊有的記憶，一次又一次驅車走遍鹽分地帶六個老鄉鎮，依稀找到過去的位置。

　　田裡有忙不完的農事。憑著童年的一點農事經驗，我整地割草，不停的挖鋤，不停的栽種，不停的施肥和澆水。種蔥種蒜，種番茄種秋葵，有香蕉樹有幾叢綠竹有幾棵桑椹，也種芒果種蓮霧種楊桃種各類果樹，我是笨拙的農人也是勤奮的農人，在這裡歷經酷熱和嚴寒，也見識風雨和

災害以及蟻群蚊蠅和各類蟲害，邊種邊學，也觀察也書寫，我在這裡擁有屬於田的的豐實，享有一點收成的喜悅，也留下一點屬於田園的文字。

這是一塊祖傳的地，土地是純淨的，沒有受過任何汙染。我珍惜這份美好，從來都以自然農耕法從事有機種植，不施灑農藥，不用化肥，也讓土地擁有自然的呼息。這裡有我種植的許多林木果樹，都已高大成林，吸引眾多鳥雀前來覓食、棲息，這裡儼然成為鳥兒們的樂園。我歡喜它們的到來，我的文字有許多鳥兒掠過長空的身影，也有許多鳥兒的呼聲和啼叫。

《我在；我在鹽鄉種田》，基本上是一本詩和散文共同交融的田園書寫，大致上扣含著鹽鄉的景致，它是寫實的，它是田園的，同時也在營造一個靈動的情意世界。

這裡的田地天遠地闊，這裡有我置身在禾稼包圍的身影。黃昏如此瑰麗，這裡有我放慢的步子，這裡有我安靜的停靠。

這裡有庄腳的風，這裡有草地的味。有的文字較長，有的極短。美好的意象、美好的氣味，以及有感的文字，都讓人愉悅，也是我喜愛的。

　　喜歡文字簡單、樸拙，喜歡詩和散文。這本文集，它們有的個別呈現，有的共同交會；我大量取用日常，大量使用生活的語言，但願帶來更文字舞動的力量。

　　縱然我們的收成從來只是那麼一點點。縱然田地有的依然荒疏，有的依然長滿雜草。我相信，我還會是一個勤奮的農人，常常在黃昏收工前，戴著草笠，帶著身上過多的汗水，隨便在田地找一個很簡單的角落，坐下來，很想說，很想與禾稼果樹林木們對談説説幾句話。

　　浸潤在黃昏的一片霞光中，可以看見一輪落日隨著晚風，走在村路的歸途，我看得很清楚，依稀還有霞光照進農舍的屋子裡。

　　這裡是諸神照拂的大地，這裡田畦有安靜的祖靈，我在這裡揮鋤種植，種蔥、種蒜、種果樹、種歲月，種得果實和菜蔬；也提筆書寫，也留下有文字有詩，種田和書寫，不知孰輕孰重，兩者常常混淆，常常意猶未盡，常常有不同的歡喜。

　　做為種植的詩人，我沒有太多太大好壞的打算，種植和書寫便是無盡的享有和收成。天候、雨水、土壤；這一塊風雨無阻的田地，天生地養，有它的地氣，有它的生命。它們交織共生，它們生機無限，它們綿延不絕，也有它們自己的歡喜。

　　平凡見真味。我看蒼穹我看大地，我這樣那樣寫著，有詩有文字應和。

• 種田；我在鹽鄉種田

我高雄台南兩地來回
返回家鄉種植一塊土地
我常常來到田地。戴上草笠
我在鹽鄉種田做個農人

我在這裡蓋了一幢農舍
打開大門；就是田地
一點點土地
有我想念的空曠和遼闊
一點點土地。滿滿的陽光
可以瞞住歲月種一點什麼
種一點丰采
從清晨到黃昏；一點點土地
可以看見一輪落日放慢的腳步
看見季節替換

我種芒果種龍眼種蓮霧種各種果樹
我種蔥種蒜種秋葵種蕃茄也有綠竹筍
風來過雨來過
一個笨拙的農人
田裡有忙不完的農事
我忙不完的便讓蔓草歡喜
留下它的位置

十月末北風吹起
季節深了。黑夜來的很快
我提早收工提前收拾農具
夜黑裡；看看
我的田地

作者簡介

林仙龍

林仙龍，台南將軍人，1949 年生，寫詩，並從事散文、兒童文學創作。青年期 1969 年主編《南縣青年》三年，作品獲選編入大學、國小國文課本，國中、高中輔助教材及各種選集。政戰學校研究班、國立中山大學社會科學碩士（學分）班結業。歷任海軍忠義報社長、兩棲艦隊、第一軍區政戰部主任、海軍眷服處長、監察院簡任編纂、高雄金典酒店稽核經理、公關企劃部經理、立委辦公室主任。現為高雄市文藝協會榮譽理事長、高雄市兒童文學學會常務監事。曾獲全國優秀青年詩人獎、雲嘉南文學獎新詩首獎、高雄市文藝獎、國軍文藝金像獎等各類獎項三十餘種，並為 1992 年國軍英雄。著有《背後的腳印》散文集等兩本、《風箏要回家》童詩集等三本、《每一棵樹都長高》新詩集等五本，共十書。

　　林仙龍閱歷豐富，分別在不同領域，包括軍職、公職等，都有過深度參與和工作經驗。基本上，他是來自鹽分地帶的農村子弟，又是長期服役海上的軍人，海上的經歷，讓他具備有海洋文學豪放與浪漫的特性，另一方面，台灣鄉土的孕育，又讓他不斷的溯源與尋根，將個人身世與土地歷史交融合一，並將海洋精神和田園情結相互融

滲，具有田園牧歌式的視野與浪漫的海洋精神，是典型的根植於鄉土，又不被狹隘鄉土束縛的作家。

林仙龍兼擅散文及新詩，他的散文早期浪漫唯美，後來轉為質樸內斂，厚重而深刻，又不失其落落大方。他以一份鄉土平淡的執著，以他真實的人生取捨，從台南出發延續，寫他的廣袤，寫他的惦記和珍惜。在稻穗與風濤之間，他的作品本質親切、根底深厚，形成文氣，也形成他作品的力道。

他能把握語言的新意，敢於抒發想像，形式奔放自由。他的詩，則在反覆的節奏中思索時空，在模山範水中尋找自我及人性價值。他能兼顧情境與氣勢，並以親切的語感和悲涼的語調規劃。他的詩，渾圓潤澤，文字簡鍊，意象豐盈，充滿和諧與想像的美。

目次

我在；我在鹽鄉種田

庄腳的風，草地的味

七里香的身上，藏著許多文字，藏著許多字句，很適宜寫詩。

喜歡七里香的清爽乾淨，喜歡花香馥郁的悠遠。那清雅潔淨的小白花，張著花瓣，一簇一簇爭相探頭，團團簇簇繫在枝頭上。有風拂過，在明亮的陽光下，它們沉浸在自己的歡喜，恍如一首一首無憂的歌，幽幽傳來，但覺滋味深長。

七里香是常綠多年生灌木或小喬木，體型雖小，但開枝散葉、枝繁葉茂，滿滿的樹叢，枝條細長，剛柔並濟，儼然有大樹的造型。

田地幾棵七里香，種在農舍的前面，它們為農舍添加了優雅。簡單的農舍，記得田地的許多事，總是愉悅的笑；這裡還有庄腳的風，還有草地的味。

七里香的種子，採自村莊廟宇吉安宮廟前的矮籬。每次返鄉種田，我們都會路過這裡，有一次，我突然停下車

子，起心動念摘了幾顆種子。幾顆小種子，紅色誘人，相當討喜，我將它種在農舍的前面，隔一段時間，果然它們冒出了新芽，很快的長出了幼苗。

每次來到田裡便看它，便見野草侵襲、雜草密布，咸豐草尤其最多，我帶著歡喜，為它們清除，我帶著歡喜，也為它們澆水、培土。這些年來，我善待它們，它們泰然自若，長的真好，年年開花，年年花落。

悠悠我心，大概我還可以陪它們一段時日。花開花落，莫非想表達什麼，它們還會陪我走一段路。

它們就是會陪著我們繼續在田地種植。

鄰居黃老師喜歡種植，最近送我幾顆黑檀木種子，他說，黑檀木又稱毛柿，成長緩慢，可繁衍世代，一種「種子孫」的樹，硬度佳、韌性強，是上材，是製作神轎、刻印章的上上之材。七里香有類似的特質，也同樣是「種子孫」的樹，適宜刻印，製作刀柄、手杖，老態龍鍾的盆栽，更是珍品，價格不斐，我留它在田地，留下了記號。

等著黑檀木發芽成為幼苗，我也會將它轉種在田地上。

我來自農鄉，一些農鄉熟悉的景象，一些人，一些事，常在內心翻騰騰。寫田園，寫野地，寫農鄉的氣味，我的文字，留下許多屬於農鄉的記憶，讓我對土地有更多的認知。

那些久遠不再回來的，那些積壓在心頭，已經沉澱的一些濁黃的記憶，它們是如此的平淡無奇，但又如此的飽滿。漲滿了，又消失了。我要趕快的記下他們，留下一點惦記，留下一點氣味。

日頭起來；日頭很大。我仰起頭，聽見有一片鳥聲低空飛過。牠們大概知道，我是田地的主人，牠們為我唱歌，牠們為我喝采。

我是種七里香的人，我寫詩。我的句子來到了最後，我尚未為七里香寫一首詩。我知道，這裡心中有光，這裡有詩如歌，它會逐漸沉澱，它會覓出。它會告訴你，這裡有庄腳的風，這裡有草地地味。

農人的草笠

農人下田耕作，習慣在頭上戴頂草笠，村舍田間，四處都可以見到他們的蹤跡。有時候，他們也出門走走，一般不會太遠，不過是到區公所或者到農會，辦一點公事或一點瑣碎，他們同樣會在頭上戴一頂草笠。

草笠的兩邊，繫有細繩，繫綁在顎下，防止脫落。太陽當頭，一頂圓錐、闊邊的草笠，戴在頭頂上，遮去大張臉面，可以遮陽可以防曬。只是，草笠輕便，很難力抗強風，風大時，很容易掀走，還得有賴兩手緊緊抓牢，否則便要追著風跑，滿地找草笠。

竹篾竹葉編成的草笠，不過是個普通便宜的物品，但是，農人不會小看它，他們愛物惜物，天天用，一年用過一年，用久了仍然捨不得換新，我常看到有些笠面已經泛黃發黑，農人依然戴在頭上，幾片鬆脫的葉片在風中飛揚。辛辛苦苦，很辛苦戴在頭頂上，捨不得丟棄。

平日頭戴草笠，遇到雨季，身上還要穿上蓑衣。風雨交加的田地，草笠和棕蓑都不能少，兩種是最好的搭配。

只是，現在蓑衣較少見，大都改穿塑膠雨衣。童少年間，我也戴過草笠，也去田地也放牛，我已經不太記得當時真切的感覺；天真妄想，有點憨有點傻，就這樣走過童少年歲。後來的日子已經不戴草笠，我戴鋼盔和大盤帽，在海上戴戰鬥小帽，某些時候，大海翻湧、心思澎湃，不覺滑進一片偌大的田野，便寫一些田園的文字，有詩有散文，寫了很多字，寫過便忘了。

似有似無，似曾相識。回來的時候，驚覺田間還有當年的點點滴滴；回來的時候，當我看見有人戴著草笠，這一些生活中留下的身影，會讓我覺得永遠留在他們身旁。

千折百回，這十年；十年了，我和內人有志一同，我們不定時陸續從都會來到鄉間。我們來到田地，我們也戴上草笠，一副典型的農人裝扮，在田間挖鋤種植。

田裡的小木屋，存放有鋤頭、鐮刀、籬筐、水桶，各式農具，一應俱全。自然也有草笠和雨衣。我也放置有小帽和布製的農夫帽，風大時，可以改戴。另外，也有一頂絨帽，天寒時，我們較慎重，可以護頭。

早上清涼的空氣中，忽覺已是烈日當空。睡過午覺，午後風起，轉眼已是萬道霞光，落日西下。看著天色慢慢轉暗，四周已是暗黑。

　　青天高高，白雲悠悠，內心更有一份歡喜。我們高興數著田裡的一些種植，這棵是龍眼樹，這棵是荔枝，這棵是芒果，有楊桃，有櫻桃，有蜜棗，有桑椹，這裡有芭樂和柳丁，它們由小而大，枝枒伸展，儼然就是大樹；這裡一地是紅蔥，這裡一地是蒜頭，這裡是番茄，這裡是青椒。這些都是我們戴著斗笠，一棵一棵、一地一地，親手挖掘親手種植，它們都在田地活了過來，也開始有了成長。

　　有了成長，也有我們的期待。我們知道，留下一份氣味，我們在田園寫字。很多人都在寫自己的字，有些很深沉，有些會變成生動的語言。

　　販夫走卒帶著草笠販賣營生，工地的工人，戴著草笠攪水泥、搬磚塊；也曾看見畫家戴著草笠，安靜的在戶外寫生；抗議的政客，帶著一路人馬行走在路上，他們頭上都戴著一頂斗笠。我看得很認真，也很透徹，我有些明白，

但是，有一種人，我並不清楚，有模有樣、虛虛實實，我會覺得不過是作個樣子。

我們都知道自己在做什麼。就像農人；認份，守護田地，守護自己的禾稼。

農人，戴著草笠，甘願一輩子種田。戴著草笠的農人，他們一輩子養兒育女，沒有太大的希望和野心，一生克職盡守，只為著做一個勤奮的農人。

田園日常

　　清晨五點半，驅車從住家高雄走高速公路，轉過快速道路和鄉道，進入產業道路，一路從港都來到鹽分地帶的田地。是個晴日，太陽剛剛露臉，迎著曙光，我們也是早早出門，趕在濛濛亮，太陽出來前，田庄種田的人。

　　種田做粗活的農人。田間似乎永遠有做不完的農事，工作之餘，我們撥出時間，一個月來個五、六趟，從早到晚，忙忙碌碌，揮汗如雨，卻是那般心甘情願，我們不是農人，身上有紅銅的膚色，有泥土味，像是個農人，我們喜歡這十足道地帶有農人的氣味。

　　霜降之後，季節從秋日過渡到了冬季。踏進田地，地面帶有一份涼意和濕氣，滿地的鳥語，嗅得出一分田地的氣息。

　　惦記著日前一瓣一瓣種下的紅蔥蒜頭。三塊苗圃地，一點小蒜綠和紅蔥頭都探出了頭，清新翠綠，一點一點均勻地散佈在菜畦內，那是萌芽，那就是萌芽的感覺。

它們從此走向成長的路途,定下根,盎然的生命,直直的往上竄。在這裡,一叢蔥一株蒜,昂然婷立,它們有天光日影隨行,有平疇綠野為伍,有一天會長大,有一天會有蒜苗會有紅蔥蓊鬱起伏,輕盈搖晃;它們交頭接耳,彷彿也有共同的默契和語言。

生命在這裡,有了轉換,彷彿又是一個天地,埋在地下的蒜頭蔥頭,悄悄的在磽薄的土地,接受鹽分化育,悄悄的成形,它們正逐漸地碩大肥美,它們清新嗆辣,也將擁有它們特有的鹽地風味。

種蔥種蒜,年年都在冬季,種了十年。朋友說,種田要有種田的知識,我們缺的就是種田的知識,只好摸索學習,邊做邊學,倒也種出一點心得。也由於紅蔥蒜頭本是平常的作物,種植不難,我們彎腰清除雜草、澆水、施肥、除蟲,多費點心多一點關注,當中似乎沒有太多的困難和麻煩。不過是個季節,沒有曲折漫長,儘管所得數量有限,畢竟有了收成,燒雞煮菜蒸魚燉蒜頭,是廚房配料聖品,用來無毒又可靠,我們從來感謝土地帶來的豐實與美好。

歲月遞嬗四季更替，不同時節有不同的種植。種蔥種蒜種過番茄，又種秋葵，又種絲瓜和南瓜，田裡還有竹叢和桑椹，以及不同季節不同的果樹。無意間種出了得意與自信，那些生命的痛恨，人生的不得意，那些隨風激起的小小悸動，慢慢浮了上來，隨著風，消失不見。

　　田園日常，田園有美麗的映象。田園有夢，田園有我們的作息；挖挖鋤鋤，栽栽種種，點點滴滴都在心頭。

田地裡的圓櫈子

多年以前，我們在高雄開了一家書店。

書店結束留下的幾張圓凳子，我們陸續將它移到田地的小屋。接著又從屋內移出兩張在果樹下，一張在芒果樹下，一張在蓮霧樹下。田間種植的日子，坐在樹下，看田地淡淡的時光。

兩張完全相同的圓板櫈
四隻腳同樣深陷在土層
不是看書不是寫字
默默的坐在田地的芒果樹下
默默的坐在田地的蓮霧樹下
我從來都認得它們
日出日落
它們喜歡這淡淡的時光

日出日落。日出和日落
這裡有淡淡的風這裡有細細的雨

這裡有一地殘留的花穗
一顆一顆酡紅垂掛的是愛文芒果
一顆一顆淡紅成掛的鈴鐺是蓮霧
滿樹的果實
同樣的甜美同樣的豐碩
兩張圓圓的板橙兩張白鐵皮
它們偶而交談
微笑時像一個憨厚的農人
彎著腰在地上挖鋤

走往田地的農路上
邊坡有咸豐草有昭明草藤蔓和牽牛花
有幾張丟棄的桌椅
掩不住的；日子鬆脱了
是它們是幾張桌椅傷勢不輕
是我看不見的
還有放下的
鋤頭。還有一地丟下的
書

不知名的樹和不知名的花

•　不知名的樹

　　台南佳里通往青鯤鯓，在鄰近後港國中的公路上，有幾棵不知其名的行道樹，枝葉強韌，樹上綴滿一顆顆小小的、飽滿的、淡綠的果子，相當別緻，很引人注目，每次路過，總有一份驚喜，也有一份愉悅。

　　七股後港，瀕臨海濱地區，這幾棵不知名的樹，我相信它們具備有耐風、耐鹽、耐旱的特性。我們在返鄉的路程中，有過幾度駐足，細細的觀賞，也留下它的身影，供作比對、查詢，還是不得其解不知其名。

　　樹有千千種，人有萬萬種；人猶如樹，也有不同的面貌和習性。人是流動的，各行各業都有不同，更有不同的出身背景和不同的生活領域；或者說，每個人都有不同的過去和不同的地位和成就。觀諸一個人，也有不同的修為，以及不同的處世態度。

人的活動空間廣闊，人來人往，偶然可以遇到熟識又願意互動的人，但畢竟有限。行走在街頭上，都是陌生的人，都不相干，誰也不必一定要識得了誰。人難免有爭執，偶然擦槍走火起了衝突，最忌諱說一句話：「你去查一查，我是誰？」

　　很簡單的一句話，常常會是一個更大的起爆點。

　　這句話的本意，其實在息事寧人，在於降溫，但是，在氣頭上，會被解讀為傲慢、自大。

　　誰都不能自視甚高，誰都不能自認自己偉大。即使是公眾人物，有人偏偏就是不願抬舉。

　　作家楊青矗的故鄉在台南後港國中旁的一個村落，大潭；大潭寮。他曾經一度在高雄開設名為文皇社出版社，當時我們家在高雄開書店，我曾去拜訪洽談圖書銷售事宜。

　　楊青矗小說中的人物說的好，「你大，我不認識你！」。

• 不知名的長穗花

一棵不知名的長穗花，生長在水岸旁的綠地上。由於叫不出名字，顯得生疏。我見過它超過十年，又覺得熟悉。一棵既陌生又熟悉的長穗花，長得不高不大，滿樹的喜氣和笑聲，相當誘人，也討人喜愛。

每年三、四月間，長穗花綻放了。這一棵吐著深豔的濃烈的，紅紅的，長長花穗的長穗花，白色的花梗，綴著點點的雪白，一串一串，掛滿了樹身。很像倒垂的麥穗，在葉隙在風中紋動。

走遍偌大的河邊綠地，走過左岸、右岸，就僅僅這麼一棵，很顯得孤單。就這麼一棵，它孤獨吧？但見它站在大片的花鈴木以及艷紫荊之間，一副生氣勃勃的模樣，倒也不覺得它孤單。

這鄰地的一棵長穗花，今年又開花了。沿著蜿蜒的步道，我們一路走來，那一團映在陽光裡，那明亮的影子，沉靜、迷離，反覆的激盪，都成了美麗的文字。

寺院的石榴

　　寺院庭園開挖了一畦菜圃，種過油菜種芥菜種番茄，後來種了石榴。前前後後三年，一株一株石榴，一株連著一株，每株都張開枝蔓，成為小小的園林。

　　初夏，石榴花開。火紅的花，陸續綻放，綠葉蔭蔭，燃起一片火紅。綠影與光采交織，人心與霞紅相映；一片禪心淡淡佛息，很能讓人感受它的顏色和深意。

　　花就帶著歡喜和溫熱，安心的站在枝頭上。花開花落，小小漿果出現了，慢慢加大，一個個變成了碩大的球形果。

　　一顆一顆的果子，一顆一顆石榴垂掛在枝頭上，吸吮陽光和雨露，個個皮面光鮮，個個圓潤飽滿。

　　秋收之季，石榴默契十足熟透了，它們一個一個爆開了胸膛。有僧侶蝸居寮房讀經看書，有僧侶蝸居寮房禪修持咒，一個僧侶悄然推開房門走了出來，穿過廊道繞過殿堂，一步一步走到園林旁。

　　寺院清寂。孤單的身影，一個人看著，這看見，看過果實的豐美看過生命的圓熟。秋收之季，因緣俱足；張開口，開了心，果實爆裂。每一顆果子都在完成，應是要摘下。

　　平靜、喜悅；泰然自若。這一切都是美好與善意；念一聲佛號，雙掌托起，雙掌接住，心懷無盡的謝意。

　　這些年
　　師父引進門。這些年清風明月
　　聽寺院的經聲
　　許多石榴。一株接連一株
　　在佛陀的身邊
　　葉隙有盛夏溢出的光影
　　在佛陀的身邊。秋光如許
　　園林有月光照映的身影

　　發心出家。穿上羅漢鞋
　　發心發願把心找回來
　　一盞一盞的孤燈
　　有僧侶蝸居寮房讀經看書

有僧侶蝸居寮房禪修持咒
村頭村尾出門行走
或者山上山下或者在園林停留
午晝的陽光明亮。石榴們好嗎
看過世事紛擾。看得多了
今天，僧人在石榴的身旁
看見一片空地
看見果實內心的世界

一株一株石榴
自己寫自己生命的歌
坐定下來。滿園的石榴
都化身成為菩薩
果子們。一顆接著一顆
把寺院的清寂把陽光的色澤
印在皮面上。報過平安
一顆一顆圓潤飽滿
都在枝頭
它們要你摘下它們要你接住

秋收之季
滿園的石榴胸膛開裂
平靜、喜悅。有一種力量
默默擴大
有一種氣味封入心田
歡喜吉祥開開心心。只有慈悲的人
懂。只有一片佛心才明白
摘下。應是要摘下
雙掌摘下的果子
一個一個堆放在籃子

黃槿；一棵童年的樹

• 走過黃槿樹，身上還有斑爛的樹影。這裡有我童年的身影，我愛那盤桓伏地的老樹幹，還有那懸在樹梢上，那綴滿的黃色的花朵。午後的斜陽裡，還有那輕輕拍打那悠揚的音符，以及那遙遠的惦記和思念。

小時候，住在濱海的農莊，屋旁屋後種有幾棵黃槿，高大灰色的樹身，枝椏交錯，樹影婆娑。夏日午間，大人、小孩都在樹下乘涼，一頭水牛繫在樹頭上。

我們呆呆笨笨，並不知道黃槿的樹名，我們把不知名的樹都叫樹，孩子們都稱它「樹仔」。我問過村中的大人們，大人也不懂，他們也叫它「樹仔」。隔一段時日，才聽說台灣阿嬤稱它叫「粿葉樹」。

樹仔就這樣一天又一天，一個年頭又過一個年頭，看著孩子們長大。一棵不知名一棵沒有名字的樹，竟也一點一滴留有我們的惦記。

　　黃槿是五月的花。三月、四月陸續可以見到黃槿零星的開花，五月尤其是開花的盛期，一朵一朵黃色的花朵，分布在葉隙間，五片螺旋花瓣，加上頂端一條修長深紅的花蕊，很像羽毛球，簡單熟悉，清新自在，讓人覺得可喜。只是，黃槿的花朵容易凋謝，短短一天之間，早上剛開的花，歷經中午，在黃昏之前，已由鮮黃而淡黃轉而暗橙，不久凋謝，落在地上。

　　黃槿生命飽滿，一年之中，經常翠綠如洗，它的葉片碩大，寬闊心型的葉子，是炊粿的襯底材料，又稱為「粿葉樹」。逢年過節，家家戶戶都會作粿炊粿，黃槿的葉片派上了用場。一座石磨擺在黃槿樹下，很多婦人在這裡輪流推轉，忙著磨米漿。

　　黃槿是童年的樹，樹下有父親的身影，有母親的身影，也有孩子們嬉戲的身影。很多的影子隨風搖動，很多的影子疊疊合合，都走進黃槿龐大厚重的身影裡。

　　很多時間，我在黃槿樹讀書作功課。更多的時間，我在黃槿樹下餵牛吃草。

　　我寫黃槿，寫晴朗的蒼穹，寫一份記憶；很像是一番盛情，很像是一件大事。

- **黃槿**

笨笨的一個角落
一頭水牛側躺著笨笨的反芻
一頂斗笠擱在一張古舊的長椅上
炎炎的午日；耕田的男人
打著赤膊
笨笨的一棵樹幽幽的吐一口長長的氣
笨笨的笨笨的給他斑駁的天光和樹影
看過蔗田變作稻田
看過地瓜田也看過綠豆地
田野又有了新翻的泥土
成群的白鷺鷥；來來又去去
成群的小麻雀；飛去又回來
一棵樹如此這般擁有自己的一片天地

一棵樹看的清楚看的透徹
她愛的孩子在她身上爬上又爬下
她愛的孩子在她身前走去又走遠
她不動不搖
黃澄澄的花兒爭相綴滿著

好像有蟬兒
好像有金龜子和獨角仙
乍然風聲四起；她很清楚
雷陣雨的季節轉眼到了
她很清楚；還有斷斷續續，那咿啞那長日的
陰天和霪雨，以及

長長的海風很倉皇。帶著雨點
帶著鹹鹹的氣味
還有呢？雨後便天晴了
還有薄暮的一道彩虹
還有黃昏的一縷炊煙
她傾著身子彎過腰；盤著膝
坐在稻草堆前
她是黃槿
看著層層疊疊開花的絲瓜
四面八方纏繞鋪展

走過一棵黃槿樹。村外就是
牛車路。一頭水牛以及一個耕田的男人和他的牛犁
大大小小。一步一步

還有還有一個婦人挑著重重的擔子
一條泥黃的布巾擱在頸際間
天色暗了；那婦人來到樹下趕雞趕鴨
天色暗了；她在灶房間
把火生起
那竈上有濃濃的炊粿香
那竈上有餵豬的大雜燴

你可知道；她們都累了
你可知道；她們很緘默
一棵高大的黃槿樹以及一個繫著布巾的老婦人
她和她從來不後悔
她和她。她們都不笨
她們敬天敬地她們彼此是
母親

狗狗 · 狗狗在哪裡

• 球球

球球。我們家的西施小狗，我們視牠為家中成員。

球球終究敵不過病魔，牠的離去，更能讓我們感受到我們一家人對牠的思念和疼惜。恍惚間，我會覺得牠又回到我們的身旁。

球球出生四十五天，從幼小來到我們家中十四年的時間。牠圓圓滾滾，活潑、健康，那模樣可愛極了，同時又黏人，又能善體人意，也讓我們共同擁有一段美好的時光。當中的七年，小女兒在林口就讀長庚醫學大學，我們每次驅車前往林口小住，一定會帶著球球共同前往。

球球過世的前一陣子，疼痛哀號，我們多次帶牠進出兩家動物醫院，始終未能見效。最後的三天，不知痛苦加劇，還是心生恐懼，整天都要有人抱在身上，我們夫妻倆只好輪流抱在身上，靜靜地守護，也減少牠一些痛苦。最

後的一個晚上，夜晚九點多，牠還是沒能躲過病魔，就在我的懷中，嚥下最後一口氣。

當晚，我們連夜驅車從高雄到台南，帶著牠回到鄉下種植的田地。我們暫時將牠安置在小木屋，直到清晨，在清早的霧裡，我們在一棵菩提樹下埋下了牠。也在此留下了球球。

這些年來，每次回到種植的田地，我們依稀還會感覺，球球沒有離開，牠還在田地裡奔跑。

• 狗狗在哪裡

一個月前，收留在田間小屋兩年的一條流浪狗，不見了。大頭已經走失了一個月。

牠是一隻受過凌虐，被遺棄的家犬。頸上配有項圈，臉龐有兩處香煙燒燙凹陷的舊痕。沒有野性，溫馴而黏人。牠很小，約模七、八個月大。

牠應是一隻活潑、健康，討人喜的毛小孩，偏偏四根足趾都為白色，聽說不吉利，主人或者因此將牠逐出了家門。

我不知道牠經過多少地方，走了多少的路，剛出現的時候，顯然是餓慌了，牠趴著身子，小心的匍匐向前，低頭咬拾狗盆中的一點剩餘。狗兒子們似乎不見容牠，但牠懂得妥協，更有耐心，竟然獲得了接納，便長住下來，也成為家人，更進而成為這裡的霸主。初時，我們從牠的外型，看牠頭殼大大，便暱稱牠為大頭。

牠平平安安在這裡住居了兩年。兩年的時間，這裡有
遼闊的田野，足夠牠奔馳，這裡已成為美好的天地。每次，
我們來到田裡，牠便帶著狗兒子們，遠遠飛奔過來，撲身
迎接。我在田間工作的時候，牠更會跟前跟後，或攀或撲，
或者大喇喇的趴在前面，看你揮鋤，賴著不走。

　　常常有許多不同的狗兒，有的是家犬，有的是流浪狗，
它們會來到附近一帶田地蹓躂。牠們看起來跟大頭沒有什
麼不同，每次來到田地，都要不停的抬腿，留下幾泡尿，
處處標示自己的領域。我相信，大頭也會在這裡留下許多
不同時間不同的尿印子，只要沒有遇難或者意外，大頭一
定還能循著尿騷味，找到回家的路。

　　但願還有一份奇蹟，但願大頭還有回來的一天。

榕樹和菩提樹

* **一棵榕樹；一個守護的神**

　　榕樹是我熟悉的樹種。台灣很多地方都可以見到它的蹤跡，特別在鄉間的田野和路旁，是農民和路人休息、停留的天然涼亭。很多人對它並不陌生。

　　榕樹生命力旺盛，屬常綠大喬木；枝繁葉茂，鬱鬱蔥蔥，擁有深廣巨大的樹冠。它的枝幹長有氣根，藉著伸入土壤，形成新的粗大的柱幹，並可四面作推移伸展。樹幹連生，枝幹交織，蔚然成林，因此有「獨木成林」的美稱。

　　鄉間很多的廟口，植有榕樹，年代都甚為久遠。也由於村人刻意的保護，讓它不斷的伸展不斷的成長，更顯得高巍壯大；熱情奔放，遮天蔽日，擁有一地濃蔽的樹蔭。白日裡，孩子們在這裡攀爬嬉戲，大人們在這裡聊天納涼。夜裡，田野間的飛鳥，也會回到這裡棲息。一棵榕樹，是村人的活動中心，也是鳥兒們的莊園。

神廟是村人信仰的中心，他們在這裡燒香膜拜，他們在這裡祈求並尋求慰藉。一棵古榕長年守護在廟旁，它的生機和氣息，融入了廟中，並在村人心中形成了重量。有人感受它的靈驗，有人感受它的威信，很多的傳說，繪聲繪影，便這樣一代一代流傳下來，於是，有人在這裡為古榕繫上了紅布條，有人在樹下為古榕建立了小廟，古榕從此位尊為「樹王公」，享有村人的景仰和膜拜。

　　一棵來自家鄉，來自夢中田野的古榕，常在我心中激盪。文字有溫度，文字可以讓人熟成，我曾為村中的一棵古榕寫詩。

　　一棵留在心頭留在神的疆域，一棵讓我認識根鬚盤錯認識風雨塵砂的古榕，它收留我接納我又回應了我。因為，我相信，我相信了它，我感受它給的力量。

　　我離去又回來。我回來了
　　樹長高了
　　我也有了奇異的高度

· 長有尾巴的葉子

菩提樹的葉子，長有長長的尾巴。

田裡種了兩棵菩提樹，是從家裡盆栽移植。這裡陽光充足，雨露綿延不絕，已長得高大婆娑。炎炎夏日，是我們乘涼遮蔭的好所在。

我愛樹，愛種樹。兩棵菩提樹位列移植田地的第一代，它們是先趨是前輩，都長的健壯。這之後，我們陸續移來更多的花木盆栽，也購進更多的果樹種植。田裡也申請獲准加蓋了小農舍，這裡儼然有了園林的雛型和風貌。

前不久初夏到了，菩提樹的葉子全部落盡，許多乾枯的枝椏交叉張開，彷彿撐起了整片大大的天空，乾淨、俐落，這是它的霸氣。不久個把月，又見它換了新葉，一樹翠綠濃密，歡歡喜喜、痛快舒暢，彷彿一曲接著一曲，傳動生命的力量；竟然，竟然如此真實，這是它的熱情。

這些長出的新葉，網狀的葉脈，表面平滑富有光澤，片片都是心形。我們也在無意間，舉頭看見，每一片葉子的尾端，都長有長長的尾巴，相當奇特，細細的看，更覺可喜。據瞭解，這些葉子延伸的尾端，是熱帶植物排水的特徵。

　　菩提樹是熱帶大型喬木，擁有堅韌的生命和活力，原產於印度，別名又稱神聖之樹、佛樹、道場樹。對佛教信眾而言，它是聖樹。

　　一棵菩提樹有歌傳動，一棵菩提樹有璀燦的光，是我認識了一棵菩提樹，一棵菩提樹，千葉萬葉拍手，千葉萬葉鳴唱。母親節到了，也願藉著菩提樹藉著這心形的葉片，祝福天下偉大的母親們，佳節快樂！

・ 修剪

我為一棵菩提樹修剪枝椏
風來告訴我；太繁複了
雨來告訴我；太沉重了
我知道祂在看著我
在過去與未來之間
看一把鋸子。看一個人
修築的
模樣

我一點都不會懷疑
沒有驚悚
沒有刺傷
十年的一棵菩提樹
十年深深扎下的
歲月和光采
我們在這裡。在過去與未來之間
我們擁有共同的
穿越

我的身上沾滿了沾黏的
汁液。在我們的田地
一棵菩提樹很自在
很清楚我看著看祂
端坐的
模樣

壯碩的麵包樹

田間一棵長高長大的麵包樹，枝幹壯碩，葉型闊大堅厚，看得見幾顆小拳頭般的小果子藏身在葉隙間。

這是我們擁有的第一棵麵包樹，也是當初我們返回鹽鄉種田，從住家移植回來的第一批盆栽，另外還包括有榕樹、菩提樹、黑板樹。這裡陽光充足，夏日天氣燠熱，我期待它們快快長大，長高長大長成一棵大樹。

雖然只是一棵，我們還是喜歡這田地有它落腳的地方。一棵麵包樹用它天生土養的力量，初初長大成型，同時加入了開花結果的序列。它有了與天地更直接的對話，這當中有它的天經地義，還有我們的一點點期待和夢想。

這麼一棵壯碩的麵包樹，很像一個粗壯的農夫站在田地邊。

麵包樹的果實碩大，長相粗大笨重。小小的果子，它會像一場奇幻的演出，由小而大，愈長愈賣力，成為一顆

渾身佈滿角型瘤突，粗大奇特的果粒。它的外型類似波羅蜜，也像榴槤。

麵包樹的果實可以當作蔬菜，可以作成各式菜樣食用。據說，果肉燒烤，味道有如麵包；亦可煮排骨、炒蛋，清淡爽口。它的果肉含有多量澱粉，是南洋的重要食物。在台灣，蘭嶼地區和花蓮較常見到，同時也是當地阿美族鍾愛的野菜。我們都還沒有吃過的經驗。

麵包樹屬常綠大喬木，是優良的觀賞庭園樹，高大茂密的樹蔭，形成樹傘，可以遮蔭，是各處公園常見的樹種。住家附近的河堤公園，種了不少棵麵包樹，都已相當高大。碩大的果實，一顆顆懸在枝頭上，數量不少，偶而會有幾顆掉落在地上。

麵包樹三月開花雌雄同株異花，雄性的花，棍棒狀下垂，荑夷花序長成小條狀，橙黃色有如一截大拇指。樹旁涼亭內一些閒坐的老人，看見一地的掉落，會撿來點燃，當作蚊香驅趕蟲蚊。

雌性的花生在雄花的上方，開花較遲，呈不整齊球狀，種子包藏在橙色的假種皮內。一顆一顆種子，愈長愈大，果大奇特，猶如一顆顆碩大的鳳梨，初時但見它安安穩穩懸在枝頭上，不曾見到有人前來摘取，但是，不經意幾日間，赫然發現已經淨空不見。葉隙間枝頭上，一掃而空，一顆都沒留下。

麵包樹樹旁，不見市府養工處立牌禁止私採。大概市府採取放任的態度，誰喜歡，就讓誰摘取。

這裡留不住果子。每年會有人前來摘果子，來年果子重現，還是有人暗地會把果子摘走。幾年了，年年依然不見。它們都到哪兒去了？我相信一定有人看上了它，看上麵包樹的好味道，這個人，可能是同樣的一個人，或者是不同的一個人，或者是許多不同的人。他們也明白也喜歡果子的味道和用途，他們會將它製成精緻的點心，或者做成各式菜餚，在餐桌上出現。

我們田裡的麵包樹也有同樣的遭遇，這些年，我們始終盼望，倒還不曾有過嚐鮮的經驗。每年夏季，這些果熟黃的果實，往往就在我們要摘不摘之間，一夕之間消失不

見。來無影去無蹤，好像那麼天經地義，我們從來不知道是誰下的手。

每次來到田地，我們會在麵包樹小立。站在麵包樹下，站在一棵長高長大的麵包樹下。陽光正好，我們看它的繁盛與絢麗，我們明白又是一年；過了秋過了冬，季節來到暮春來到了夏。又是麵包樹開花結果的日子。

它在告訴我們，告訴這塊土地，告訴這個原野，它的歡喜。

歡喜和信任。一棵麵包樹已經告訴了我們，它會長成一棵更大的大樹，它會擁有更多更多的果實。

也請田間的不速之客，請留步。留一個果子，給我們給一個真實的、美好的味道。

花旗木和魚臭木

• 台灣魚臭木

大雨過後,大地濕潤,一片盎然的生機,野草紛紛竄出。越過溝澗水渠,越過斜坡土堤,綠油油綿延青青,幾日間,鶯飛草長,蔓草叢生漫佈在田野。清早驅車來到田地,我們低著頭半蹲在田間除草,一陣強烈的氣味忽地傳來,陣陣撲鼻,循著氣味,我們找到一棵矮小的樹,枝頭上有一蓬一蓬聚生的白色小花,周旁有蜜蜂、粉蝶飛繞,無疑的正是來自它的蜜源,來自它奇異的花香。

一棵不知名的小樹,如此簡潔、明亮,埋在叢叢的草叢間,沉沉的傳來味道。才知道,這是三年前從家中移來種植的一棵盆栽。

三年前,隔壁鄰居搬家到附近的大樓,他愛花木,把平日培植在樓頂的各種花木盆栽,有果樹,有觀賞花木,大大小小五、六十盆,一盆一盆從樓頂搬下來,全部送給我。我分幾次把它們帶來,一棵一棵全部種在田地裡。

五、六十個盆栽轉身住在田地裡。它們定下了位置，默默的長高長大。有的果樹，金桔、桑椹、芒果，已經長出了果子，更多的花木，拔地而起，隨著季節，長有自己的生命與性情，更給田地添加幾分生趣和景緻。

　　一股一股沉沉的味道，一波一波奇異的花香。一棵暗香浮動，自開自滅的植物，已經在田間默默的流動許久。是我們錯過了它們。

　　看一棵青翠的枝椏盤伸，看它枝葉扶疏，層疊交錯，看它在晨風中招拂，看它一派優雅自在，溶入在深深草野林木中。它從來沒有退卻，分明就是一棵讓人有感，讓人看了開心的樹。我們決心為它作出清理，開展一片屬於一棵異樣植物的天地。

　　經過比對，我們確認了它的來歷。它有一個讓人訝異的名字，台灣魚臭木。一棵有魚腥味的魚臭木。有文蛤、海蠣的氣味，有大海的體味。原來是來自海邊的植物。在這距離海邊不遠的田地上，我們共種植了三棵魚臭木。它們別來無恙，都平安。

　　野地廣闊長空萬里，今天是個美好的日子。是的，我們真正看見了台灣魚臭木。

　　台灣魚臭木，又名厚殼子，俗名臭娘子，屬馬鞭草科，樹高可長成十公尺喬木。三至六月開花，多數白色細小的小花，聚集在一起，鐘狀花萼、絨白細毛，一蓬一蓬，聚緻在枝條頂端，香氣撩人，玲瓏可喜。葉型似桑葉，搓揉有淡淡的魚腥味。抗風、耐旱、耐貧瘠，有頑強的生命力，是珊瑚礁岩常見的植物，恆春半島海岸林內常見。

• 金砂社區花旗木

位在台南西港東北一隅，隱身在綠野田疇間的金砂社
區，是一個優雅嫻靜的小村，也是一處優美的賞櫻勝地。

這裡毗鄰麻豆和佳里，距離蕭　糖廠不遠，村人種桑
種麻，種稻米和豆子，還有大片的蔗林和向日葵，昔日的
糖廠小火車從這裡走過，還留有昔日的軌道，多年以來，
當地村人沿著軌道種植花旗木，一棵一棵高大婆娑成排成
樹，一棵一棵的花旗木，種給了春天種給了想像，一棵一
棵的花旗木，都在村人心頭上，都成了風景。

每逢周末假日，我們大致會走高速公路返鄉種田，下
麻豆交流道，在西向佳里的道路上，我們習慣在路上的超
商略作停留喝一杯咖啡。這一天上午，竟然巧遇了詩人林
美妙，她們剛從金砂社區賞櫻回來。就在她的推介和導引
下，我們順著〈176〉麻佳縣道轉進鄉間小路，三、五分鐘，
便來到了金砂社區。林美妙，寫詩，也習畫，多年來，在
佳里地區經營一家羽儂素食餐廳，擁有多式的菜樣和風味，
極富盛名，是地方的名店。

花旗木下，櫻花迷人；一串串長串的蝶形花，大蓬大蓬的櫻花滿樹，白裡帶紅，格外迷人。春日的花旗木動人，晴朗的天空，清風細拂，一棵一棵花旗木，滿樹盛開的櫻花，帶著淡淡的香氣，在陽光下發亮，讓人驚豔，讓人動容。

金砂人好客，他們提供了停車場供遊客免費停放。這裡的櫻花這麼美，這裡來了不少訪客，我很清楚，就是這裡的櫻花迷人，這裡的櫻花以及這裡的一草一木和人情美好，都讓人動容。返回高雄幾日，我們去了一趟旗山老街。老火車站右側的步道，一片林木掩映，迎面而來赫然是一片絢爛，我們赫然又見到了兩棵花旗木，簇簇櫻花，無比繁華，讓人更覺得歡喜。

農地的稀客

十年農耕歲月，我們夫妻高雄台南兩地驅車往返，早出晚歸，兩人合力挖鋤種植，也種一些應時蔥蒜蔬菜，邊採邊摘邊用；也種一些花木果樹，留下每一棵樹的身世和記號，留給期待留給下一代。絕大部分的花木果樹，我們都熟識，還有少部分，我們仍然陌生；種有它，不過是把一棵樹種在田地的心情。種過婆娑的大樹雷麗樹，看它長出的果子，一顆顆綴滿枝頭，由綠翻紅，有似咖啡豆，我們以為是咖啡樹別種，後來才知道是古早的雷麗樹，是許多人童年的野味點心，也是許多人童年熟悉的滋味。

也有突然野生冒出的樹種，生命力旺盛，看它長高長大，後來發現是果子長相奇特的諾麗果。

最近在田裡出現長相奇特的羅李亮果，也是我們未曾見過，聞所未聞的果樹。眼看它枝頭綴上的黃花，淡雅的鵝黃，沾著細細的乳白，苞片厚實，包藏著一個柔軟的花心，淡雅富麗，討人喜愛。陸續又見它長出果子，綠色的皮面帶刺，圓滾滾，愈長愈大，果型有似釋迦，經過一番查詢，才知道是赫赫有名的羅李亮果，也是一棵從果實，

從種子，到根莖，到葉片，都具有功效和作用的寶貝樹。

兩棵羅李亮果，是內人六姊轉送的盆栽。小小的植栽，乍看不過是一棵普通綠色的植栽，我們一棵種在長桑椹旁，一棵種在土芒果樹旁。種它的心情，與我們在田地種其他樹木的心情，完全一樣。

內人六姊和六連襟都是專業漫畫家，也是漫畫出版社長期合作的基本漫畫家，六、七零年代，曾出有數十部漫畫書；兩個女兒翔龍和戰部露也都是新一代的專業漫畫家，擁有不少的粉絲。他們一家人都喜愛草木盆栽。

兩棵樹都活了下來。兩棵樹成長順利，長得極好，它們應該像一般行道樹一樣，挺直著身子向上高挺直麗。或許我們疏於修剪，三、四年來，還仍看不見它有粗大的主幹，倒是有不少的枝椏呈放射狀竄出，抽枝伸長，各路英挺併起；枝繁葉茂，渾然天成；胖大的身軀，明明就是一棵樹，乍看它，有似一簇多棵聚合的一叢樹。

兩棵樹都有型，有它獨特的造型。這樣胖大的樹，並非臃腫，倒也端莊。我們都說，平常心是道，喜歡就好。

羅李亮果屬熱帶、亞熱帶水果，西印度群島、熱帶美洲有產。俗稱牛心梨，又稱巴西番荔枝、日本釋迦、山蕃荔，也稱紅毛榴連、婁林果，學名山刺番荔枝。台灣於 1917 年，由菲律賓引進栽植；目前台灣中、南部有零星的栽植。羅李亮果的果子，有一種獨特、濃郁的芳香味，好吃的味道，可以媲美榴槤，是日本天皇的御果，有「水果王」美譽。它的果子直接可以食用，同時也是製冰，製作冰淇淋的最佳原料，據了解，它含有的香味，不會因為製成冰品而減少；也由於果實中含有豐富的膠質，特別在冰淇淋製作的過程中，除了可以取代做為香料，也可取代冰淇淋中安定的乳化劑。

　　羅李亮果的葉片碧綠光滑，單葉互生，葉子長橢碩大，有特殊的腥臭味，可以驅蟲，可以製成殺蟲劑。我曾近身聞過葉子，聞起來，有一種難以掩飾的特殊味道，很像皂香味。

　　感謝連襟一家人美好的分享，也讓兩棵無意間的種植，在田地間留下了名字。它們會像其他的樹一樣，長高長大，成為高大壯麗的大樹。

牆

我的文字出現很多的牆。

我寫幼稚園牆外一堵童話的牆,上面畫滿童話世界的鳥獸和人物;我寫落日的泥牆,我寫星光下幽深的小巷,我寫陌生的街道以及成排連棟的樓房。有址地的,無址地的,厚重的,薄小的,我從一座牆看一座牆,我從一座牆走進另一座牆;我寫工廠,我寫學校,我寫小村古老的宅院,我寫眷村的竹籬笆,我寫金色的海岸和青翠的山巒。我讀一座牆,我看一座牆,我讀久違的一道牆,我看牆上一團陰開的困惑,也因此,我寫監所高堵的大牆以及鐵絲網,也因此,我寫舊城古老的城牆寫當年的一個城堡,也寫砲台,也寫城門,也寫馬道以及護城的河,並且進入當年的一個時光隧道。一堵牆能說明什麼?一堵牆能看見什麼或者見證什麼?歲月會把一座牆風蝕敗壞,地震、颱風會把一面牆震垮擊倒,某些時候,在我們流落的地方,牆會默默的告訴我們一些什麼;某些時候,牆會帶我們走去夢的遠方,牆是某些遺憾的託寄和補償。

長久以來，牆是我心頭上的一抹暗記，在相同的位置，我常做不同的冥想和觀察，並且在不經意的時候幽幽地呈現，成為一股牽繫的力量，或者變成一些細微的憂傷。有形的牆，無形的牆；高聳的牆，低矮的牆；牆頭和牆腳以及牆裡和牆外，他們在虛冥中意味著什麼，好像是我身體某一部份，有一天突然出現了，很熟悉很真切，有驚喜有遲疑，同時也叫人惆悵。時間改變了很多事，有些見過便忘記了，以後依然不會記起，而對於映在眼前的牆，它所顯示的意義往往大過於形式。我曾仔細的分辨，也曾恍惚的耽於沉默，我靠著牆哭過笑過，我拍打我呼叫，也頻頻遺忘，有時要用牆來認識自己，有時要用牆找到可能置身的位置。

　　也曾在古樹蒼鬱小徑的盡頭見到一堵廢棄的牆，人離去了，蔓草亂石參疊其間；也曾在荒郊野地的路旁見到廢棄工廠，但見老朽的機具散落滿地。走過古老的巷道，走過山壁隘口，走過幽深的隧道，走過春日的花田，走過樹牆走過林道；走過星夜，走過風雨，走無盡的路走到一面熟識的牆，走無盡的路走回來看故鄉的農舍看故鄉老屋的牆。

　　很多的牆會繼續的出現，很多很多的牆一一呈現，愈來愈清晰，有些我們看不見的，還有自己築起的一道牆，把自己圍封把自己困住。我們虛構了一個屬於自己的天真的堡壘，不讓聲音走出，不讓聲音進來，把自己凝固，讓人遺忘，像守住一個大大的牢籠，我們讓自己成為自己捕捉的獸。

　　沒有人聽見一絲絲的嘆息，呻吟也罷哀嚎也罷，都在一個黑暗的空間，都被阻隔在一座山的後面。那聲音不斷的喊著叫著，那聲音時強時弱終而歇了下來。沒有人知道為何後來又傳送了出來，只有他知道，因為；因為，他打開了一扇窗，因為，他擁有了一個缺口。因為，他莫名其妙的，像拆解機器一樣，一件一件將它拆解下來，最後拆下一副面具。拆下一道藩籬，一堵牆倒了下來。牆倒了，我們才能重見天日，我們才能走出自己的陰影。

　　當我們看見別人的時候，我們也回頭看看自己；在我們處處為自己設想的同時，我們是否也為他人作一番設想？我終究看見了自己，看見撲在風中的一張臉，看見很多很多的牆。一面牆，驀然讓我走進童話的世界；一面牆，驀然讓我感到人世的寒涼。多少年過去了，常常讓我無端

想起家鄉老屋落日下的一面牆，像一張思念的網，把走過的風聲和遠去的訊息都一一網住。一面牆，在遠遠的地方張望，一面牆，在深深的夢裡，一面牆，讓我看見一個生命的註記，一個生活的縮影。

　　生活是一個沉重的擔子，是忙碌也是艱苦的。曾經在寺廟的牆邊看到賣麵的小攤子，也有賣香酥雞和臭豆腐的，他們推著車子點著一盞昏黃的燈光，客人來了，便忙成一團，分不清楚是忙碌的還是歡喜。也在馬路邊的圍牆下，看到全家出動做點小生意的，早餐有燒餅、油條、饅頭、包子，還有中餐晚餐以及宵夜，從早到晚，一家人有的蒸煮煎炒有的忙著收盤端碗，有的洗滌、擦拭桌面，客人來來去去，工作忙忙碌碌，這樣一家人通力合作的畫面讓人印象深刻。在異地他鄉，為了一點小小營生，為了養家活口，即使有一些憂心有一點煩惱，總要小心的活著下去，一家人生活在這裏，有了這份依靠，只要客人高興多來光顧，至於淪落在牆邊做生意複雜的心情，只有牆知道。

　　這一些，點點滴滴都寫在牆頭上，其他的一切，並不重要，我看見的僅僅是一道牆。我喜歡這樣的一道牆，既簡單又平凡，讓很多的記憶在牆上游移，讓很多的記載進

出，讓我感受一種力量讓我覺得真實，讓我覺得生活就是一種試煉與希望，還有一個奮力爬出的身影。

我走回來了，我已經不再年少。很多很多的苦楚，但是，沒有後悔。我轉身回來，走過一條林蔭道，回頭再走一段路，走得很遠很遠，像追尋一個流浪的夢，突然發現走在昔日原來的路上，看見自己的喜悅和憂傷，我很清楚的看見我的家以及我的家人。

我回來了，我回到了我的家。卸下身上的包袱，我就站在自己的身影之前，我就站在自己的過去之前，很莊嚴，很肅穆；很卑微，很細小。突然我瞭解，我是我自己看不見的牆。我是我自己的一個依靠。我是我自己的牆。很粗糙，很悲涼，很難辨認；也在傾聽，也在觀望；有歡喜，也有哭泣，在蒼茫的夜色中，悄悄尋找昔日一盞熒熒的燈火，悄悄的，站在一堵牆前，或者傾聽，或者懺悔，或者遺忘。

春天的田畝

- ## 春天的田畝

  春日薄薄的光影
  在田畝間起伏在田畝間游動
  在枝頭在莖葉在停留的
  一瞬間。二月三月的
  天色。全部寫在這裡
  風微微。若有若無
  陣陣跳躍的音符
  很像一句一句叮嚀
  細細的說；細細的
  有一個相同的夢

  冬日種植的紅蘿蔔要收成了
  埋在土裡一顆凜冽的心
  留住了清脆和甜美
  我們有一畝地
  懸在中間。恍惚聽見水聲和雨點
  旁邊是插秧的水田地
  幼小的秧苗。試著舞動
  也有滿滿的期待

年前年後
廟裡點過一盞，安心的
平安燈。點亮了心頭
老農很清楚
在眉梢在鬢間在臉上。安適的
一雙定定的眼神
讓人看得見

• 四季芒果

　　剛剛摘下的四季芒果，橢圓形，個個圓潤多汁，淡淡的清香撲鼻。一顆一顆從夏季末盼到的果實，裝滿了小籮筐，每一顆都甜甜的笑著，這是秋天的芒果。半截金黃半截黃綠，相當討喜。邊摘邊採，竟見枝頭一束一束，默默的又抽出許多花序。田地又有了期待，這是冬天的果子；青澀，明年春天會長大成熟，它們是春天的芒果。

　　每一棵樹，都有一首唱給自己聽的歌。

　　靜好的歲月。看著田裡種植的果樹，都已經長高長大，它們在初冬微涼的風中拂動，帶給我們不同的驚喜和感動。

• 芒果套袋

芒果樹上的套袋，一個一個，相當醒目。

輕薄，白色的；紙袋，一個一個封袋，懸在枝頭上，隨風輕盪。輕輕盪盪，一幅歡喜豐收，豐厚的景象，乍然浮現。

青青的果子，密密的包藏，不受曝晒不受鳥啄，不受刮傷不受蟲害。一顆顆包藏在套袋裡，果實逐漸成熟，便有圓潤的光澤，也溢出幽微的芳香。

一棵果樹開花結果，農人忙著為它清理枝椏，為它疏花疏果，淘汰一些留住一些。果樹只負責果子養分的供給，農人細心的為它配上紙袋，彎繞鐵絲繫住封口；這些套袋，是果子們衣衫，藏有農人的貼心和期待。

連日來有風有雨，一場又一場的豪大雨。

套袋的芒果，有些別來無恙，有些經不起連日大雨，連同套袋，掉落了一地。積水的田地，有的果子已經泡爛，有些倒仍完好。

有些果子掉在袋子裡，熟透了；套袋還仍懸在枝頭上。

　　趁著雨歇，我們趕緊作了清理和收拾。我們很清楚，不用化肥不施灑農藥，我們的芒果擁有天生地養，自然的好滋味，這是努力和友善的一份成績。

　　我在芒果樹下，很認真，很糾纏，逐一檢視端詳。我用一份歡喜的心，照護它們，不要它們受到傷害。

　　有一些果子已經熟黃。我們要把一些完好的，帶它回去。

　　內人等在那裡，一手從我手中接過，裝進籃子；裝進盒子裡。

　　記憶的盒子。

　　《記憶的盒子》散文集，是內人周梅春新近由台南市文化局出版的新書。周梅春獲有南瀛文學傑出貢獻獎等重要獎項。

- **看見白鷺鷥**

秋天的季節，田地翻耕，成群的白鷺鷥來到田間覓食。

記得今年春耕，廣闊的田野，一畦一畦翻開的泥土，也擠滿白鷺鷥潔白的身影。

安心，閒適；牠們都有一番好心情。牠們同樣對大地對農人說了些什麼。

牠們說：謝謝！

• 秋葵

田裡種的秋葵。有紅色的枝梗和綠色的枝梗兩種。

我們的種苗購自滇緬救國軍的一位老先生，異地他鄉，他已在台南小鎮成家立業，落地生根，他同時是我軍校的先期學長，第一期學長。我常去他經營有年的園藝行購買種苗，包括青椒、番茄、洋蔥、青蔥、辣椒、韭菜和南瓜，每次栽培，都有一點成績。他的種苗品種良好，價錢公道，常常會給我一些優惠。

偶而，客人少的時候，我們會接上幾句話。這幾年來，我突然在小鎮出現，他頗覺得意外，也有一點歡喜，大概我們有更多共同的話題，相互取得一點溫暖。

秋葵耐熱，炎炎日頭，一樣生機旺盛，一樣長的很好。我們用自製的有機肥施肥，更加強它的生命力，才一個月時間，已經開花長出了長形的蒴果。

青青嫩嫩，質地黏滑，可以熱炒，可以涼拌；過熟的秋葵，我們將它切片泡溫開水，當茶喝。

• 生活波瀾

小蘋果考完段考返家，阿嬤提議以麥當勞餐慰勉辛勞。我帶著小蘋果，祖孫兩人隨即步行前往附近麥當勞訂購，包括分享餐、蘋果派，以及兩大杯檸檬紅茶、兩大杯可樂。

分享餐有提盒，其他分成三包，裝在麥當勞專用紙袋。祖孫兩人各自提了兩袋，沉沉的，沿著街道繞過河堤公園返家。

一路無事，未料就在住家門口，小蘋果手上的檸檬紅茶，底袋潤濕破口，兩杯直直掉落，灑了一地。

看看我手上的兩杯可樂，底袋同樣潤濕，眼看也同樣要報銷。

雖然少了兩杯紅茶，畢竟也讓小蘋果享有了美餐。這兩杯拿在小蘋果手上掉落的紅茶，也許更會讓小蘋果記得一份美好的真味。

人生的過程，不免會有一些突來意想不到的錯失；包括失敗。這生命中的波瀾，一陣大浪翻拱，更見海面波光起伏，波光瀲灩。

- **生日歡喜**

　　今年父親節前後，前前後後近一個月，在歷經一段長時日的熱浪苦旱，忽有強降雨接續來襲。豪雨，豪大雨，漫天鋪地，每天都有斗大的雨點撲打。

　　父親節與我的生日，相距僅有八天，家人知道我喜歡兩個日子一起做。我們會在這七、八天中，選擇一天，買個蛋糕，準備一點餐點，簡簡單單的，家人共聚。

　　今年的生日餐宴，原先計畫在上周末返回鄉下農地舉行，一併慶賀我們翻修的鐵皮屋落成，可惜天雨，只好留在高雄。

　　幾道剛從附近餐館冒雨帶回的菜餚，還有一盒貓記巧克力蛋糕，一起平放在桌上。這是孩子們的心意。

　　我打開手機存放的照片，這裡有新翻修的農地鐵皮屋以及一幢組合工具屋，都是我上禮拜返回農地拍攝的。這是我的感謝。

　　十五、六年前，我在工作告一段落，突發奇想，要在家鄉田地種植。我很快付諸行動也有一點成績，種蔥種蒜種菜蔬，種植樹木種下許多果樹，我慎重其事的在鄉公所申請設置資材室獲准，也申請農業用電，並且從老家拉線接來自來水，我們參造魚塭岸邊寮房蓋了一座小木屋，放置農具和肥料，這裡同時也是我們返鄉休息和留宿的地方。

　　可惜小木屋耐不住風雨摧襲，又因蟲蛀霉爛，幾年過去，已發現處處斑蝕，蛀空腐壞，我雖看在眼裡，但不作聲張，心想，勉勉強強大概總還可挨個幾年吧。但是，這一切到底瞞不過家人，去年中秋節，家人在農地的一次烤肉，畢竟還是讓他們發現了，我拗不過他們的好意，只好同意房子翻修。

　　今年的乾旱期，他們共同出錢出力，為我翻修一幢新的鐵皮屋，重現在農地的園林裡。內部有了一些變動和改善，大概以後也可以在屋子裡看看書寫寫字。

　　他們同時共同購置了一幢工具組合屋送我。一幢工具組合屋，收攏了我田間種植的農具，大大小小、長長短短；

草笠、籮筐、水桶、鋤頭、圓鍬、鐵耙，鐮刀、柴刀、剪刀、鋸子以及肥料，長的短的輕的重的，全部儲藏在裡面。

　　年紀大了，比較能認得開心的味道。開心就好，這雖然不是多麼貴重的禮物，但是，家人態度是慎重的，他們希望我和內人停留或夜宿在農舍的日子，更舒適，更安全。

天地冷；天氣很冷

・ 記得戴上帽子

感覺日子變冷了。

一波一波冷氣團來襲，曠野颯颯的風聲不曾間歇，平疇田野，一些莊稼田禾，一些花草樹木，都有了感覺。它們都在哆嗦，一起抵禦風寒。

不顧寒風襲人，這一地的原野，守著一條乾涸的溪床。很沉穩，一個一個看著田間忙碌的農人。

不是種田的好天氣。很多農人倒是願意，在惡天氣出門走走，田地走走。天地冷；天氣很冷。記著，記得加件衣服。

記得戴上帽子。

• 禁語的，勇氣

村子裡，一幢古舊的紅瓦厝，大樹掩映，綠籬環抱。圍籬入口處，赫然見到一塊小小條型的木牌，上下兩端有鐵線繫綁。留有兩行字：

敬愛的訪客

很抱歉，我「禁語」

謝謝您的到臨，謝謝您的造訪。我「禁語」，不要驚動，不要問我為什麼。

村落很安靜；籬邊一地細細碎碎的陽光。我的腦際突然閃過「勇氣」兩個字。也為著這兩個字，竟然有了不明的感傷。

• 今天看見芒果花開

今天看見田地間的芒果樹，一棵一棵笑臉迎人。大年初三，天寒，氣溫驟然下降，十一度，冷風直灌的田地上，我赫然看見許多芒果樹的枝頭上，有了新近竄出的花穗，一串一串，鵝黃色的，很能讓人感受它的美好和喜氣。

又一天，又是一天。一輪落日停在路旁的大樹上。我們知道，再過一些時候，這些芒果樹，便會有一顆一顆熟黃的果子，懸掛在枝頭上。

村道的木棉花和木麻黃

• 鄉間的小路

還記得當年鄉間的小路，都是泥土路。只有一些通往市區的主要通道，鋪上小石子，我們稱它為石子路。

石子路並不好走，顛顛簸簸，打著赤腳走來疼痛難耐，即使騎腳踏車，還是覺得搖晃不穩，必須緊緊抓穩把手，以防摔車。我不知道為什麼要加鋪小石子，大概是為著防止地面泥土沖刷，或者便於客運車通行。

每日僅有少數幾個班次的客運車，車身相當老舊。客運車在村路口設有招呼站，車子一來，便一路揚起陣陣的塵砂，車子走了，又是一地的塵土緊隨而去。

一些泥土路，是村人走向田地的通路，也是牛車通行的道路。也由於牛車長期的進出，路面留下兩道深深的轍痕，日子久了，這些泥土路都變成了牛車路。

　　牛車會從田裡帶回一車車的稻草和蔗葉，牛車也會帶回來一車一車的稻穀和地瓜，緩緩的緩緩的走回，於是，竹林村舍間，一個一個偌大的草堆驀地出現了；依著季節，農家的院子會成為曬穀場，埕頭埕尾或者曬花生，或者曝曬一地白色的地瓜籤。廟會的日子裡，村中的牛車便會集結，帶著村中男女老少，一路敲鑼打鼓前去大廟進香。

　　進香的牛車隊，後來有了大貨車取代。現在，鄉村的牛隻相當罕見，牛車更是少有。牛車路不見了，石子路不見了，柏油的路面取代了這些道路。離開了當年一些光景，鄉村也改變了往昔的面貌。

• 路過西港大橋

台南府城是當年家鄉很多子弟前往打拼的地方，也是我年少夢想的遠方。

從台南鹽分地帶幾個鄉鎮前往台南府城，橫跨在曾文溪上的西港大橋，是必經的路途。我們並不常出門，隔一段很長的時間，偶而會搭乘此地興南客運老舊的客運車前往；當年，橋上還有台糖的小火車運送甘蔗。橋的兩端，設有收費亭，收取車輛過路費。

人生有多重的轉折。這之後，我並未在台南府城落腳；我在更北的北地和更南的港都，歷經了我漂泊和打拼的歲月。

多少年了，我們在高雄定居，從高雄返鄉，下了高速公路，轉 8 號快速路進台 1 省道，路過安定的海寮小村，還是會經過西港大橋。橋下的流水依舊，看天田依舊。

• 回家的路上

木棉花開了。

這是我返鄉回老家種田的木棉道。這一條台南漚汪通往將軍的木棉花道，也是我中學騎單車上學，當年顛簸難行的一條石子路。

石子路的兩旁，有高大蓊鬱的木麻黃，不知何時，道路拓寬了也鋪上了柏油，所有的木麻黃全部砍伐改種了木棉花，多少年，都成了婆娑的大樹。

每年三月，家鄉胡蘿蔔收成的季節，也是木棉花含苞待放的季節。盛開的季節，木棉花開的繽紛，開的熱鬧，一朵一朵碩大的橘紅的花朵，綴滿了樹梢，夾著道路兩旁，一路向前，一片的激情，也有萬千的喜悅。

我喜歡這樣的一條路，帶著我回家，帶著我走進家門前，帶著我來到家鄉的田畝種田。

• 村道上的木棉花

春風吹過原野。季節到了
一場春雨
叫醒了早紅的木棉花
一場春雨
叫醒了樸實的農莊
飄飄忽忽。間間歇歇
一場春雨
留在樹梢留在平疇和屋宇
若有若無。幾抹煙雲幾許聲息
輕輕的記起；留一點心緒
有一些重讀
有一些和自己說話

千折百迴。我回來了
他們知道我會回來
一場微細的春雨打在樹梢上
輕輕。輕輕的灑落我的心頭

• 木麻黃

木麻黃是濱海地區常見的林木,類似松樹,葉退化成鞘狀、齒裂,輪生於小枝,果食是木質化的小毬果,幹皮灰褐色。耐旱、耐鹽、耐於貧瘠的土地。能防風,能抗海潮,能讓強風從葉隙滑過,持久尤能屹立。這些查得的資料,是木麻黃最好的寫照。

日據時期,木麻黃已從南洋一帶引進,台灣濱海地區頗多種植,除作防風林,亦作為行道樹。鄉村人家常將落葉枯枝撿拾,填入灶中作為柴火。

村外的縱貫線,是村子通向外地的主要通道,當年是碎石子路,現在改舖柏油,並名為濱海 17 號公路。當年道路兩旁,植有木麻黃,兩旁成排列隊的木麻黃,一棵棵長大,樹影婆娑,都成為高大的喬木。在清晨的濃霧下,在落日的餘暉中,村人扛著農具,默默在這裡出現,牛車從這裡走過,留下兩道深深的轍痕。沿著木麻黃道,我到田野間割草、放牛,我也走同樣的路,背著書包上學去;同樣的,到遠方打拼的大孩子們回來了,他們也走同樣的路,

回到村子裡。

　　一些平凡的事物，慢慢在這裡進行慢慢在這裡重演，這些都是村人們所熟悉的。那些年裡，路上有重重的蔭影掩映，那些年裡，鳥雀在枝頭上築巢，密密的枝葉中，有蟬聲嘶鳴；那些年裡，我似懂非懂的，也諦聽林間傳來的窸窣聲，我會以為它們在訴說什麼。

　　多年前，或許因為道路闢建，兩旁的木麻黃悉數砍伐，現在改種黃槿，多少年了，卻仍幼小。村中也不若當年，甚少種植木麻黃，走遍村中，僅僅就是少數的僅有幾棵。

　　日前到林家先祖古墓園，順道走訪鄰近的小學，竟然發現學校尚有一塊保有相當完整的木麻黃林地，一棵棵生機盎然，枝繁葉茂，粗大壯偉，透過葉隙的光影，灑了一地。年代已相當久遠；八十年、九十年，甚至更久更遠。

　　久違了。久違了，我依稀能看見當年的一些面貌，還有一些流動的聲息。

附近的田地

‧ 水稻田上

今年的天氣異常，很多果樹開花不良，水果產量銳減。倒是稻子吐穗情形，似乎不算太差。

稻子吐穗了。天佑台灣，但願今年的稻收，粒粒都飽滿。

對於稻子成長的過程，我是熟悉的。整地、進水、插秧、抄草、施肥、吐穗；盼望著成熟，等待著收割。包括早年稻穀收割的打穀機，我也曾有過見識。

農人認真打拚，投下了心血，殷殷的盼望，就是等待一季稻作的豐收。

• 紅蘿蔔地

冬日暖陽照在一片青翠嫩綠的紅蘿蔔地。幾分田地，大面積種植，一整片都是紅蘿蔔。光潔、漂緻；空氣中有一抹澄黃的光影，空氣中有土地的氣味流動，格外讓人感覺美好。我相信這裡的紅蘿蔔長得都好。

田地的前面，有一棵高大的構樹，它是自然生成的先驅植物，愈長愈大，農人在這裡進出，農人看見它張開枝椏成為一棵高聳龐大的樹叢。

· 田菁

毗鄰的農地休耕了。去年種的是野花生，今年改種田菁，兩種都莖葉繁茂，都是綠肥作物，對土壤改良具有功效，農民也認定可以增加農產收益。舊時農村，僅在農地休耕期間見有田菁，並未曾見過野花生。年年見田菁，年年看田菁，田菁是孩子們熟悉的植物，遍地的田菁，更是孩子們嬉戲的好所在。

我們在田菁田裡穿梭，追逐和呼喊，也玩捉迷藏。相對於樹木，田菁枝頭纖細，分枝多，枝條細長，細細的長滿羽狀的複葉。枝葉間暗藏有許多的金龜子，孩子們常常抓來把玩。

田菁生長力旺盛，但生長期不能太長，也就是要它長得高大，尚未木化，也讓莖葉多汁，保有它的有效肥份。約三個月，農地翻耕前，田菁便要轉作施肥使用；有的採用耕地掩埋，有的採用切割覆蓋。

田菁與野花生，田地間兩種同質性的綠肥作物，但是，它們有不同的風貌。我不曉得明年休耕的田地，到底出現的是野花生，還是仍然是綠綠的田菁？

好雨知時節

• 茄苳樹帶路

站在路口看守
一棵茄苳樹知道田地的一切
一棵茄苳樹明白
讓鳥住了進來
讓野狗住進來
菅芒高過膝頭。在我看不見的地方
有蛇爬行有螞蟻進行
一棵茄苳樹告訴我
不要憂慮。這裡蓊鬱蒼翠
一棵茄苳樹告訴我
它們來來去去
這裡是讚頌的大地

這裡有歲月洗禮
這裡有文字深藏的每個角落
芒果樹開花
桑椹結果了

行過楊桃樹行過蓮霧樹
這裡還有番石榴還有檸檬金桔和香蕉
花木菜蔬、野花野菜。七里香和月桃花
這裡還有一塊青草地。生機勃勃
它們身手矯健它們在奔跑
我來到竹林下
群鳥竄出群鳥在天空盤旋
為什麼可以如此忙碌
十二年前家中的盆栽。滿懷感謝
十二年後的茄苳樹。記得的事情很多
記得我的本意

一對平凡夫妻一個一個平凡的日子
田地的入口。一棵茄苳樹站在小路口
那是安靜的陪伴
那是安靜的守候

• 聽雨

看見天邊大片大片烏雲堆疊移動，野地起風了。漫天烏雲密佈，隨著閃電，繼而雷聲大作。要下雨了，我們只好趕緊收拾農具，回到屋子，已是滂沱大雨。

這些有雨的日子。我們聽雨，看雨，我們細數這一些年這一些季節，這一些有雨的日了，見過狂風暴雨，見過田間積水，見過豐沛雨量，帶來的災害，也有涼涼的風綿綿的雨，帶來一份靈秀的美。

幾年了，看過這裡一年四季。春日裡春雨霏霏，濛濛的細雨紛飛，夏有梅雨季，有雷陣雨、西北雨，更有豪大雨；秋風起，煙雨迷離，秋風秋雨愁煞人，冬日落雨，點點滴滴有如顆顆淚滴，天轉酷寒了！

雨落著。落在鹽鄉，落在鹽鄉的小木屋，落在鹽鄉的土地上。

田間木造的小屋，構造雖然簡單，但是，這裡沒有喧囂擾攘，聽得雨聲格外清楚，那來自鐵皮屋頂交織的節奏，

格外響亮悅耳。點點滴滴，綿綿密密，有如一個一個跳躍的音符，那是大自然的協奏曲，那是天籟。

還有那隨風輕飄的小雨，那忽疾忽緩的雨點，那有如萬馬奔騰的雨勢，打在窗櫺打在瓦片打在屋頂上，都有不同的況味。

黑色的包圍中，田野的雨夜，四周一片漆黑。伴著風聲雨聲，有蛙鳴有蟲叫，此起彼落。如歌的節奏，那是心靈的陪伴，那是安靜的牽繫，更有田園牧歌的情調。

晚年聽雨與少年與壯年不同，那生命的滄桑，那不泯的記憶，離離合合。風聲雨聲，一聲聲，伴隨入眠，一任階前滴到天明。

年老之後，做為種田的人，我們沒有太大的打算，我們不會介意田地的收成。天候、雨水、土壤；我知道，這一塊天生地養，這一塊風雨無阻的田地，有它的地氣，有它的生命，也有它自己的歡喜。

● 野莧菜

五月梅雨季開始了，雨水溼地，一畦一畦田畝，都有野莧菜的蹤影。野莧菜莖株高挺，青翠無比，長得旺盛。

它們不是雜草。這是我從小最早認識，也是從小最早吃過的的野莧菜，顏色深綠，生命力很強，不怕風雨不怕水淹，很少有蟲害。我還記得它們在野地在田間生長的模樣，摘不完、拔不盡，任憑摘採。

前文建會文資處長林金悔是典型的農家子弟，退休後，以地方文化傳承為本，在家鄉將軍漚汪成立基金會，興建鹽分地帶文化館香雨書院，館外周邊有大片的田野種植紅蘿蔔，創辦開館之初，我前去拜望，林金悔送我大把的野莧菜，是剛剛從田野摘回來的。那是春雨後大地的禮物，那是土地最真實的印記。

我帶回來一些。

平凡見真味。滿滿一盤嫩莖嫩葉，蒜末清炒，口感軟滑，吃起來稍苦帶甘，滋味無窮，還有記憶中的古早味。川燙後沾美乃滋或醬油，簡單的吃，也很有風味。

- **野漿果**

冬寒的田野，見到熟悉的野漿果。還是那年呼朋引伴看見的；黃金莓，小燈籠果。那酸甜熟悉的滋味，悠悠緩緩；在童年的時光中流淌。

- **馬鈴薯的新芽**

一顆放置過時，已經發芽的馬鈴薯，長出了八個芽眼。

我將它切成八塊，種在田地裡。

每個芽眼都抓住生機，都有歡喜的回報，陸陸續續長出一株一株翠綠的新芽。冬末初春溼寒的季節，田地午後灌滿了風，一葉一葉心臟葉型鮮嫩翠綠的葉子，微微在寒風中噗動，蘊滿生命的雀躍及歡喜，讓人格外有感。

生命是如此延續也如此豐富。一顆了然失去食用價值，極有可能在我一念之間，遭致扔棄的馬鈴薯，果然因緣成熟，讓我留住了它。一顆馬鈴薯不死，分明這就是我的選擇和期待，很讓我有「福至心靈」的欣慰。

八棵幼苗都要一起重生繁衍。它們快活自在，它們會分別長出三顆五顆小薯，由小變大，變成更多更多的馬鈴薯。

• 雨後綠竹筍

端午節前後，五月到八月，是筍子盛產的季節，也是芒果熟黃的季節。今年天氣異常，久旱不雨，已經進入六月端午節前，果樹園裡芒果結實纍纍，就是見不到筍子的蹤影。筍子遲到了。

割筍都在晨間。昨晚夜裡一陣大雨，雨未歇漸小，清早隨著細雨隨著一團水氣，來到竹林，赫然見到幾支新筍，都是剛剛冒出頭的嫩筍。六月雨後，此後的日子，一支支綠竹筍將會陸續來到。

內人二姊家有廣大的竹林地，種植綠竹、麻竹，生產竹筍是他們家重要產業。我田裡種植的四叢綠竹，便是來自他們家竹林取材的四段節眼。聽說是從烏山頭特來移來的綠竹，是上選的好品種。

當初來到鹽鄉種田,便想擁有幾叢竹林,所謂竹林幽篁、竹林幽徑,大概是我喜歡的情境。我在田地末端的一塊開闊地種植了它們,這裡沒有其他樹種干擾,四段節眼萌芽,成長,果真活了下來,從此在此落地生根。

一棵一棵拔高,一棵一棵拓展,它們擴大疆域加大版圖,一叢一叢高聳的竹林,氣勢萬千,灌滿了風聲,灌滿了鳥鳴和蟲聲。這裡有一地篩落細碎的陽光,這裡有一層層,一堆堆,層層堆積乾枯的竹葉,看得見鳥雀成群的飛來,在此棲息築巢,聽得到重重蟬鳴的重重的鼓譟。一聲聲,一葉葉,不論是天上飛的,樹上爬的,地上走的,這裡聽得見大地的訊息,這裡充滿了自在和祥和,儼然是一片茂密的竹林。

竹林有它的粗獷和野性,無須施用肥料,天生地養,擁有它的真實和自然。我們在第三年,便見到林地冒出了幼筍,我們擁有了第一支在田地長出的綠竹筍。

一株新竹會冒出四支新筍,有經驗的筍農告訴我們,四支不能放任讓它們自由生長,不要全留或者四支全部割取,只要留下一支作種來年延續,有了新株也讓筍子源源不絕。

竹筍長得特快，稍稍延誤，便出青長高，難以食用，我們只留一支作種，其他三支要掌握時間，馬上割取。我們記住了要訣，幾年來，我們記得綠竹筍盛產的季節，我們記得梅雨季五月六月更密集的雨，我們記得這五月這六月這梅雨季更多更好的筍，也享有雨後挖筍割筍的愉悅和歡喜。

　　就是喜歡雨後綠竹筍的細嫩和甘甜。

　　就是喜歡綠竹筍清甜可口的味道。夜雨後的筍子，帶著水氣，帶著濕潤，尤其鮮嫩可口，更有天地盈動的氣味。竹筍炒肉絲，竹筍排骨湯，是美味，綠竹筍蒸煮切塊，便是一道冷盤，沾美乃滋，口感更佳，很多人喜歡。

　　連日來下了雨，很多綠竹筍冒了出來，割下的綠竹筍成堆放在一起，竟有豐收的感覺。雨繼續下著，雨後還有更多的竹筍在竹林裡被期待，有更多的竹筍還在雨後蓄勢待發。

　　我抱著感恩，知道這些，體認這個道理。我感謝屬於我的一塊林地，所有的辛苦和忙碌不見了。只有歡喜。

文珠蘭、朱槿、月桃和玉蘭花

• 文珠蘭

一棵種植多年的文珠蘭，在盆栽裡長出了許多分株，我留下一株，日後也長高長大，長的同樣的壯碩。它們爭相長出分株，我作了清理，有些將它移植種在田裡，它們落地生根，一叢一叢，排列成排，成了自然的圍籬。

夏季裡，文珠蘭開花了。一株一株花莖直挺的在闊大的葉脈間，從鱗莖冒了出來。初見是淡黃色的花苞，而後花苞張開，是成束的花序，也是淡黃色的。我數過這些花序，至少在 20 束以上，這些花序陸續的張開，看似一支小傘，有六條細長雪白的小瓣環掛著，每條小瓣更有一支細長的花蕊伸出，前端半截還有紅色的細紋和勺黃，小巧別緻。

文珠蘭是典型的海漂植物，耐風、耐鹽、耐旱，適合濱海地區種植。它的生命力旺盛，具有防風定沙的功能。

文珠蘭的花,深藏一顆潔淨的心。潔淨、清香,十分醒目。它是寺廟種植的五樹六花當中的一種。文珠蘭的花也被列為啖佛的鮮花。

　　南傳佛教寺廟種植的五樹六花包括有,菩提樹、大青樹(闊葉榕)、貝葉樹、檳榔樹、糖棕或椰子樹等五樹,以及荷花、文珠蘭、黃薑花、黃玉蘭、雞蛋花、地湧金蓮等六花。

　　看一棵文珠蘭不一樣的特質,看它在晚風中佇立,看它闊大的葉脈散發的微光,也有一顆佛心,微微地在心中激盪。一顆佛心,模模糊糊,又似跳動,又如此的靠近。

　　一棵無心種植的文珠蘭,原來是佛門淨地的信物。這份興味,讓我覺的幸運。

• 朱槿

這是朱槿。在三號高速公路東山休息站的花壇，我們就站在它的前面。黃色的大大的花朵襯著綠葉，在亮麗的陽光下，很開心很熱情的綻放。

見到旁邊的說明牌，才知道它叫朱槿。它的葉子很像桑葉，也叫扶桑的花，是常綠灌木，也叫中國玫瑰。

大樣的花，色彩鮮明，格外搶眼。這次見過，知道了名字，便也記了下來。

這就是朱槿。事實上，我們一點都不覺得陌生。鄰居家的小花圃種著有它，每天，我們都會與它照面。鄰居的朱槿，開的是大紅和橘色兩種花朵，主人常常為它施肥，也為它修剪枝葉。

這花耐看經看。花是人家的，心情是我的。這美好的心境，很讓我怡然自得。

聽說它的旁種叫吊鐘花。吊鐘花是我小時的花，很多的農家都在屋後種它作籬笆。高高的籬下，很多雞鴨在籬下覓食走動，孩子們會在那裡辦家家酒。一朵一朵紅色的吊鐘花垂掛著，很像張燈結綵。

　　黃色、紅色的朱槿，以及吊鐘花和玫瑰花，相互的連結著，都在我的文字中交逢。很多很多的花，一朵接著一朵，都在眼前浮動。那些記起來的時光，那些風聲、雨聲還有細細碎碎的談話聲，很多很多的聲音，高低起伏，好像都有一個故事，都被喚了回來，都緩緩的走了過來。

　　休息站旁邊的園林，還有一棵高大婆娑的大榕樹，已有相當的年代，氣勢磅　，它看著天看著地，它在張望。陽光從那裡一步一步跳了過來，風從那裡吹了過來。

・ 月桃花

車子走在杉林通往山區的司馬路，我們在途中的地母廟略作歇息。這裡倚著山勢，是一塊平坦的開闊地。廟前廣場的一側，幾根長條竹竿橫架在牆頭，上面擱著一束束長條闊大的葉子，已是乾燥並呈褐色。我一眼看出它是粽葉。

問過廟裡的人，果然是粽葉。他們說：
這是月桃葉。

聽過月桃花的歌，知道月桃的名字，也曾在新化楊逵紀念館旁的店家，品嚐過月桃粽；月桃粽是楊逵夫人傳下的美味，已具知名度。偏偏未曾見過月桃的模樣，究竟是樹，還是花；長得高大，還是矮小？

廟裡的人說，這山裡溝澗岩石邊，很多月桃野生野長，山裡的人取下晒乾後，可以拿來包粽子。

知道包粽的葉子，還有麻竹葉。小時候家裡包粽子用麻竹葉，我對麻竹葉較為熟識。

倒是對月桃一無所知。當日無暇一覽它的真面目，回來以後，留下一抹模糊的葉脈，像印記，依稀還保有一份月桃的好奇。我多麼想作一次尋訪。

那是住在很遠很遠，那是山區的植物。想著想著，有時忘了，有時突然記起；畢竟，它還是擺在心上，也因此在無意之間，竟然讓我見到了月桃。

這一天，順著河堤到學校接小孫子放學，這是我走過無數次的便道，也是我平日悠遊慢走的地方。就在臨近學校的綠地上，我看見兩畦的花圃，種滿了綠色的植物，那寬大長條的葉子，葉脈上帶著穗狀的金色斑紋，很似曾相識，我趨前撫拭，撥開葉叢，赫然發現告示牌上寫著：斑葉月桃。月桃在這裡；難道這就是我要尋找的月桃？

它是月桃。告示牌上寫著：斑葉月桃，又名黃斑葉月桃、花葉艷山薑，屬薑科，中性植物，性喜溫暖，耐熱、耐旱。多年生草本，株高 0.6 - 2 公尺，根莖匍匐，粗大如薑；葉披針形，大型革質，黃綠色而有金黃色斑紋；花為穗狀花序，小花白色，在夏季開花。

這些金黃色長條寬闊，帶著細微迷人香氣的葉子，我們拿它包粽子。它們是自然的質材自然的葉皿。這是山林送給人間美好的風土禮物。

各類植物取名都有它相關的取向；為什麼叫它月桃呢？也許也有屬於它的故事和美好的傳說。

- **玉蘭花**

梅雨的季節，日夜之間，都有間歇的小雨。

門前種了一棵玉蘭花，蘊滿蓬勃的生機。幾年來，已見落落大方，雨聲中，更見它的青翠。蒼翠怡人。

雨聲中，也看它認真的開花。葉隙間，綴滿一朵一朵金黃色的花苞，幾朵正值開放，清香撲鼻，陣陣傳來。

幸運草

　　冬日一場小雨過後,我在屋前盆栽的花木草葉空隙間,見到一抹小小的、綠色的,細細嫩嫩的幸運草,四瓣心型綠色的葉片,輪廓分明,我一眼便認出了它。它為什麼突然會來到我們的家?我蹲下身子,細細的凝視,好像見到了一個久別的朋友。我知道,它選擇留在這裡,這裡將會有一份新的生命力,在這裡蓄勢待發,果不其然,它繼續的抽長,過了一些時候,它已綠意盎然,佈滿盆栽的外緣,更而伸出一隻隻小手,托著一朵朵粉紫色的小花,淡淡的紅,在風中招手,在雨中細舞,細細碎碎,相當別緻,很讓人歡喜。

　　我對它是熟悉的,這也是我童年期間和友伴們,在野地追逐、割草,常常見到的植物。相對於我們在野地同樣常見到的含羞草,它的身上沒有針刺,很光滑,很細嫩,它柔順的平鋪匍伏在地上,很讓人樂於親近。我們會動手去撥弄含羞草,看它葉脈一張一合,對於幸運草,我們會摘下一片葉子,含在嘴裡,試著咀嚼,那酸酸甜甜的味道,在嘴裡留有餘味。

這些童稚的記憶，很淡很模糊，很遙遠，很快會忘記，但是，這細細的花，會在心中浮動，好像又讓人突然想起一點什麼。那是一點小小的雨絲，讓人恍惚讓人惆悵，那是燈火闌珊處，一點小小的淒迷。這幸運的草，這幸運草，到底是誰給了它如此讓人傾心，如此美好的名字。

人生種種，幸運是多麼美好的註解。雲深不知處，幸運會讓生命柳暗又一村。有人因為有了幸運，遇見貴人獲得了提攜，因而一展長才因而功成名就；有人幸運獲得了舞台，擁有開拓的空間，讓生命發光發亮。

幸運。可遇而不渴求，可以讓人期待，也可以讓人作不同的解讀。幸運草，那小小的身影，會形成惦記，那小小的心靈，會讓很多的真情湧動，一一化成文字，這倒是我從來喜歡的一個名字。

有一天，帶著小孫子在附近的公園漫步，我們遇見了一個小女孩也在公園玩耍。小女孩採了一些小花托在手中，她把小花含在嘴裡細細的慢舔。

我問小女孩說。小妹妹，妳為什麼吃它呢？這是小花呀，能吃嗎？

小女孩說。這花花有花蜜。

小女孩很小，我們都變小了。

小女孩的眼睛有光。她知道小花的花蜜，同樣也記得公園裡許多飛舞的蜜蜂和蝴蝶翩躚。

小琉球暖冬行

　　二〇一七年歲末前一天，配合連續假日，一家人作了計畫，有一趟兩天一夜的小琉球之行。小琉球近在咫尺，孩子們已多次來過，我和內人，大概因為這是離島，陸路海路旅途輾轉艱難，還是一次到來。

　　對於我和內人，島嶼畢竟還是陌生，心中充滿著好奇。
　　從高雄出發，我們分別開了兩部車，一早驅車來到東港。這之前，我們來過東港，也算舊地重遊，便隨意在東港街頭以及河岸兩旁閒蕩，隨後進到香火鼎盛的東隆宮參拜，繼而轉往廟後遷建眷村；已列為文化資產的共和新村，竟而也在尋常的眷村中，看見了一點不尋常。在這裡，但見不少眷舍的圍牆繪製有貓的彩繪圖，有模有樣，栩栩如生；還有一幅草書書寫的出師表墨寶，是書法家章國民當年現場書寫的傑作，大幅的版面佈滿了一堵高牆，相當搶眼。臨近中午，我們來到碼頭邊的華僑市場，這裡販售有大量的生鮮魚貨，也有販售包括雙潤糕等伴手禮，以及海味乾貨、食品，還有熟食、特色小吃攤位，並擺設有長桌供客人食用，我們選定一家並點了生魚片丼飯和手捲，簡單便捷，新鮮可口，誠是美味。

交通船碼頭毗鄰魚市場。帶著興奮的心情，我們攜帶簡單行李，走幾步路，進入遊客服務中心，購好船票，旋即搭上兩點廿分的船班。小琉球距離台灣其實不遠，從東港搭船，約僅二十分鐘，便可抵達。

十二月末梢，歲時冬寒，天空有微雲，天氣依然暖和。午後的大海，開始起風，水波盪漾。還好，風勢不大，海面僅見一點白色的浪花舞動。一路航程倒也順暢，船身雖然有點擺盪，不見有旅客暈船嘔吐。船抵小琉球白沙尾漁港渡船碼頭，我們投宿在一家預先訂好，名為船屋的特色民宿。這家民宿除了提供住宿休息外，同時提供專業導覽員夜間帶覽服務，同時，協助旅客租賃機車，以及晚餐和早餐特約商家訂餐服務。

我們很快租得三部機車，作為代步工具，穿過蜿蜒窄小的巷道，並在近處的老街停留。這裡生活機能良好，是魅力商圈，有店家，有攤販；有小吃，有伴手禮，以及最常見的麻花捲。我看見有不少的觀光客進出，還有島上的在地人在此走動，大概此地就是島上在地人平日購物、活動的好地方。

當晚，我們在民宿預訂的一家自助；吃到飽燒烤店晚餐。燒烤店位在空曠的野地，每人份三百七十元，擁有牛羊豬各式肉品，各類海鮮以及炸品和丸類，還有飲料和冰淇淋，相當多樣豐盛。在濛濛的夜色中，在一個寬敞的空間，晚風拂來，陣陣的海味肉香撲鼻，格外讓人覺得愉快。

　　小琉球位在東港東南方海面，是台灣離島中，唯一的珊瑚礁島嶼，島上也因為黑潮支流在海域通過，擁有千種以上不同的珊瑚礁。島上有居民一萬兩千多人，占地面積6.8018 平方公里，最高海拔在龜仔路山，有 87 米，亦稱為八七高地。全島長四千公尺，寬兩千公尺，海岸線全長一萬兩千米。

　　這晚九時，我們隨著民宿派出的專業導覽員一路帶領，環島在重要景點作深度的導介。導覽員是一位娶了當地少女的外地人，結婚後便在島上長住定居，已有多年，相當健談，他不僅介紹此地的景致特色，也藉著微弱的燈光，讓我們看見此地特有的植物棋盤腳、文珠蘭、月桃，同時告訴我們此地的風土人情，這背後有努力有艱辛，也有動人的故事，更也讓我們見識到此地居民的刻苦勤奮，以及他們篤定、頑強的生命力。

　　導覽員說，小琉球有三多，校長多，船長多，寺廟多。

　　一個離島，一個漁村，除了漁業資源，物產並不盡豐富，但是他們懂得辛苦打拚，他們合力用心經營，合力注入觀光的資源，已經讓小琉球開展出不同的風貌。目前全島已納入大鵬灣國家風景區範圍，更招來無數的觀光客。

　　導覽員同時告訴我們，小琉球缺水缺電，六十九年，經國先生在巡視島嶼過後，便決定由林園跨海埋管接水接電，全面解決缺水缺電問題。島上居民有感念的心，感念經國先生的仁慈與用心。

　　站在這裡，可以望見東港、林邊的燈火，可以遠眺高雄港外錨泊的商船貨輪船燈；一點一點的光，看起來，都有亮點。導覽員說，天氣晴朗白天視界清明，高雄 85 大樓依稀在望。

　　第二天，我們早早起來，分騎機車，一路走走停停，環島走訪。島上雖有公車環島，但多數觀光客似乎都捨公車而就機車，沿線但見機車魚貫行駛，車流忙碌，相當熱鬧。

首先，我們在島嶼的前端以及花瓶石一帶的淺水區，看綠蠵龜攜著綠蠵龜洄游和覓食。接著，我們在美人洞購票進入，一票可暢遊各景點，包括有天外天、蝙蝠洞、情人坪、仙人洞、仙人坪、怡然園、迷人陣、一線天、榕岩谷、寧靜谷、望海亭等，斷續相連有二十多個密集的坑洞。這裡保有自然風貌，生態資源豐富，所謂鬼斧神工，所謂天造人塑；奇岩幽洞，曲徑探幽，都具特色，置身其中，宛如走入迷宮，讓人彷彿進入另一個時空。沿途更不乏眺望大海的高點和斷崖。

　　沿著環島公路，我們走入杉福生態廊區，這裡是舊軍區所在，有步道直接進入。到過山豬溝，到過龍蝦洞，我們也在中澳沙灘、蛤板灣沙灘、肚子瓶潮間帶停留。我們進入狹窄漆黑的烏鬼洞，一併參觀洞旁的漂流木雕塑展示館，我們也登臨高點，親謁高齡 146 盤根錯節的古榕，看祂高大古老鬱鬱蒼蒼。走到古樹前的高崖，也聽潮聲，也看海天一色。

　　這是一趟開心的旅程。島嶼不大，景點密集，我們雖然停留時間不長，這也是一次深度定點旅遊。

　　小琉球回來，那湛藍海面閃動的波光，那小漁港中羅列的漁船，那屬於島上信奉的神明，那屬於島上居民有限的土地，隨著潮浪翻滾，心中便有交會。我記得那些有過接觸以及還擦身而過的身影，那份質樸那份篤定，以及那剛毅那頑強的生命，都在鹹鹹的海風中暈開、延展。隱然之中，還有我們留在白沙灘留在潮間帶留在礁岩步道上走過的痕跡；在暖冬裡，依稀感受到海上島嶼的暖流和溫度。

月光停在玉米田

　　入夜，從鹽鄉驅車返回高雄。走在玉米田夾道的產業道路，赫然看見一輪月亮，有似暈紅的大燈球；圓圓滾滾，又紅又大，低懸停靠在玉米田前面。這場景相當罕見，可惜，拍不出原貌。繞道轉進國道車行約卅分鐘，來到仁德休息站，一輪明月依然低懸，紅暈依舊，沒有離去。月亮不會繞道而行，月亮不會走回頭的路。慢慢爬升，高掛在天際。

　　一輪明月有自己的夢
　　有自己的國
　　一輪明月不會
　　不會停靠在路邊

　　一輪明月赫然現身
　　赫然停靠在玉米田前面
　　漲紅著一張大臉；圓圓滾滾
　　一盞暈紅的燈球
　　迷濛、有光。有光晃動
　　一圈一圈繞遍了大片的玉米田

月亮忘記了
去哪裡

一畦接著一畦靜靜的玉米田
很飽滿很平靜
月亮淺淺的笑。突然有了
對話
這大概是看月亮最好的時光
很療癒
我當真相信。月亮來了
月亮有自己的路。不慌不忙
點一盞燈在路口
讓詩活了過來

舊時味破布子

低頭在田地除草，長高的野草幾乎淹沒了田地。藍天白雲，野地格外遼闊。

抬頭看見滿樹的破布子，結實纍纍，十分顯眼。青青在枝頭，一串一串，有青有黃；綠色的果子轉為橙黃，更轉黑，便熟透了。有鳥飛過有風拂動，滿樹的小果子，滿滿的雀躍滿滿的歡喜，一樹絢爛，在陽光中閃爍黃色的光影。

十幾年來，在田地間種植，種蔥種蒜，種秋葵種番茄，種果樹種各式樹木，也種茄苳樹，我記不起是否也種了破布子。

我不太能分辨清楚，茄苳樹和破布子。兩種都是高大的綠色喬木，都結實纍纍，大把大把、大串大串的果子懸在枝頭上；暗褐色的果子較小，橙黃色的果子略大。有朋來到田地裡，他是台南左鎮山上人家，一眼便認出了破布子。

朋友是小學老師。朋友說，這是好東西，他們家中有種。台南楠西、左鎮、玉井、東山、大內一帶的山區、田野、農舍，都可以見到破布子的蹤影。

破布子、破布子。頓然讓我想起，過去在海軍出版社的大庭院，也有一棵高大婆娑的破布子，從古城牆牆腳冒出，粗大的樹幹迤邐繞轉，斜斜倚著舊城城牆，翠綠如許堅強如是。多少年了，我不知道一棵破布子樹苦不苦；多少年來，守護著一座明清城牆守護著出版社，如常的開花如常結果。報社的老員工田先生、張小姐都記得，附近寺院的僧人喜歡破布子，每年季節到了，會有僧人前來求贈，過去的社長都會送給他們。

我聽下也記得。不知為什麼，總覺得破布子與僧侶之間，便有那麼一點微細的連結，大概是破布子那股特有的氣味吧。

一棵艱苦成長的破布子樹，有它的記憶和歷史。生生不息，永遠長在城牆邊，樹有多高，果子便長到哪裡。原來這是一件美事，也是一件要事；原來這是值得珍惜的一棵樹。

這一年，又到了破布子開花結果的季節，眼見滿樹的小果子，由綠轉黃，顆顆玲瓏剔透，便見三個僧人穿著灰色袈裟，一起前來求贈，我不假思索便作答應。石世貴是行政室主任，帶領著一起砍樹，也忙著共同摘取果子。他們心中有歡喜，忙得很快樂。整整裝滿兩大桶子，讓僧人們帶回。

海軍出版社發行忠義報，是份晚報，每日出刊，發行海軍各單位，並對外發行，接受眷村眷戶訂閱；出版社同時發行中國海軍畫刊，更早之前，還出刊綜合雜誌《海洋生活》。前幾任社長都是大學長，一期的朱慧夫、王人榮、李傑齡以及九期的劉德山，都是謙謙君子，學養俱佳，他們在職時間都很長，同時付出努力，把出版社經營有聲有色，深受好評。特別是，他們以家庭式的管理形塑出版社，讓出版社擁有家庭的溫度和暖流。

派任出版社來的突然。當時我剛從國防部調任回海軍，任職政二處副處長，工作時間不久，前一日上午，一處處長馮又新（其後晉升中將，接掌海軍政戰部主任／我曾與馮在總政戰部一處任職上校參謀，兩人同在一辦公室，兩桌相連，交情甚篤）告知，已簽報國防部建議派任艦隊主

任，公文上呈中，未料，中午午休剛過，主任劉俊魁中將召見，告知我派任出版社，即日生效。我未即收拾，匆匆南下，第二天上午，便由劉主任南下，在出版社主持交接布達典禮，匆匆接任。

我內心不無惶恐，稍過一些時日，我便放心了。事實上，出版社有很好的基礎，同仁大都出身新聞系，素質相當整齊，個個能編能採，個個都是好手，對於出版社更有一份無比的使命感。我樂於與強者為伍，也因為他們都是有理念有想法的人，有他們大力的協助，也讓我通過挑戰，進入一個不同的領域。

我的任內，適逢創社四十周年慶，我曾邀請歷任社長、副社長，以及歷年全體工作人員返社，擴大舉辦慶祝聯誼活動。出版社一年六個月，日子不長，我即調任兩棲艦隊政戰部主任；好像是美好的安排，倒是我軍旅生涯，最值得珍惜一段美好的歲月。

田裡的一棵破布子，種在田中間，有高大的樹蔭，我在田間除草，在未認出破布子樹前，常會來到樹下遮蔭。

一棵破布子樹在田地悄悄的出現，就像報社古牆下的破布子，同樣默默的現身。是否是我親手種植，是否來自附近村落，鳥啣來或鳥排遺的一顆種子，我並不清楚。

　　這些都好；因為它本來就是一棵破布子樹。

　　這一天，內人六姊一起來到田地，多了個人手，我決定動手採收今年的破布子。我負責砍樹，內人和六姨子負責拔下小果子。

　　天氣燠熱，炎炎烈日下，我拿起了鋸子輔以柴刀，開始了鋸樹和砍樹。說來並不輕鬆，去掉低枝還容易，處理高大的枝椏就有它的難度，粗粗壯壯的枝幹，格外需要一點氣力和工夫。我把砍下的枝椏一一扛到菩提樹下，好讓內人和六姨子在樹下蔭涼裡一串串、一顆顆慢慢摘取拔除。忙了大半天，還有兩大枝幹，尚未砍下，倒也足足有了兩大袋，成果豐碩。

　　我們把兩大袋破布子帶回來，交給了內人外甥女處理。外甥女是內人二姊的女兒，她精於醬味調製，會做筍乾，會做各式醬菜、泡菜，也會醃漬破布子，兩天後，很快有了成果，她足足做出了二十四罐，分送給各親友。

破布子是高大的落葉喬木，也是古老的作物。小果子是古老的果實蔬菜，舊時人家常採摘拿來醃漬食用。

長久以來，這一道自然的素材，可以作不同的搭配，調理一道一道不同的野地美味，如朋如友，有一種時光發酵的滋味。

醃漬的過程來自手工，要有一點獨到的本領和耐力。

果子要以鹽水先做泡洗，小火慢煮三個鐘頭，不停的攪拌使果皮破裂，待製成糊狀，撈取加入食鹽水，火速凝結，形塑成碗狀。醬漬配以魚肉作料，適宜蒸煮炒不僅可以保留魚肉的原味，帶來口感，碗狀的塊物，直接可以進食，更是稀飯佐餐的最佳配料。兩種食法，都是讓人懷念的古老風味。

由於醃漬較費工夫，並來自手工，市面販售不多。傳統市場醬菜攤可以見到販售的蹤影，在高雄三鳳中街也曾見過，一般都裝在圓木桶醬缸，更讓人感受到古老的風味。

破布子落落大方，能耐苦旱、能耐貧瘠，蟲害少。它愈挫愈勇，蓄滿能量，砍過光禿禿的枝幹，來年萌芽又長又茁壯。破布子果皮含有乳白色的黏液，老葉色澤暗淡，狀若破布，因有此名。

一株小幼苗

　　綠苗擁有自己的能力，用自己的力量，掙出地面。那一霎那，即使我們未能目睹，但是，我們相信，土地已經給了一顆種子，一個奇異的生命旅程。

　　一抹綠苗變成了一株小樹苗，如此生機勃勃，如此從容如此篤定，不斷的長高長大；活著，活在自己的小世界，用它的枝椏和形貌，展現生命的姿態。

　　那是一股強韌的生命力，那是一股一股新來的力量，持續的注入，讓它活得長久，讓它婆娑讓它壯大。

　　一株一株幼苗在土地裡冒了出來
　　它們在這裡相遇。抬起頭
　　看見光；看高高的天空
　　有林木在遠處的風中招拂
　　有蔭影在近處的風中說話
　　有人問。你叫什麼名字
　　它們囁囁嚅嚅
　　它們不很清楚

還小還很小。因為因為
還是小小的一株小幼苗

除了有光有影。有天光和雲影
還有大風大雨和災難
那大大的世界很微細
那小小的天地很豐盈
夢是這樣開始的
它們搖擺枝葉
它們四下眺望
也有歡呼也有妝點。也層層疊疊

也讓綠葉成蔭
這一幕一幕都很清晰
這一幕。轉過身子
才發覺身子長高又長大
才發覺自己與自己對話
它們沒有把話說完
留下自己的名留一些美好
留給以後的
天空

一抹一抹新芽，有如一個一個歡愉的音符，在閃閃的陽光下，在地面上跳躍。不斷的擴展，不斷的長大，許多年許多年以後，這裡會有一片美麗的園林，灌滿著風，在這裡發音和回聲。

　　每一棵樹都長高長大。

蓮霧花開了

蓮霧樹的花開了。清清楚楚，熱熱鬧鬧。蓮霧樹的花，努力的綻放，開得那麼認真，開得那麼灑脫；一個歡喜的季節，風和日麗，田地豁然熱鬧了起來。

蓮霧的花，素淨淡雅，有一份潔淨和冷凝，也有一份飄忽和嫵媚。一朵一朵圓卵形絲絨狀，有蕾絲邊的小花，輕輕敷著一層薄薄的光暈，隱身在叢叢的綠葉間，一根一根細細的絨絲，有如髮梢，柔柔綿綿，輕盈欲飛，細細的紋動。一叢叢一簇簇，綻放迷人的花姿，每一朵都像個小粉撲，也像空中綻放的煙火。

叢叢的綠葉間，這裡有伸長的果梗，那裡有伸長的果梗，一顆顆小果粒有如小鈕扣，成排的附在果梗上。鮮明自在，有模有樣，展現它蓬勃躍動的生機與活力。我們用心在看，也耐心作了等候。今年有機會，蓮霧會長的更多，長的更好。

我們又一次來到田裡。細碎的小花、大粒小粒的果子，掉落了一地，撥開樹叢，又紛紛掉落了一些。常常覺得惋惜，怕它又是風來雨來，錯把一束的花、一束的果子掉光。後來，這才了解，其實這也是自然的疏果，可以保有較大的果粒，保有較好的風味和品質。

　　這裡平空多出了一番天地，但見樹叢中另有一番景象。我們相當明白，早熟的蓮霧出現了，但見三顆五顆多顆結成一掛，像一顆顆小鈴鐺垂掛在枝頭，隨風輕擺。從樹下仰頭高望，有人有小，有的淡青，有的轉紅，每一顆都飽滿，都渾然天成，也都晶瑩剔透。

　　蓮霧樹生長力旺盛，好生好長，徒然會長出過多的枝椏，也會不斷的冒出新葉。有經驗的果農都知道，過多的枝椏和葉片，會帶來果樹過重的負荷，他們要及時修剪枝葉，及時抑制新梢的抽出及徒長。特別在果子生成的過程中，果農們也要不斷的疏花、疏果，逐一的配上套袋，小心地呵護，相當費時費事。

　　有人稱蓮霧的名字叫天桃。天桃，仙桃；感覺這兩種果實，有一家之親，彷彿都是仙界翩翩下凡，來到人間的珍品。市面有高雄六龜的黑鑽石，有屏東林邊的黑金剛，果粒碩大，清脆可口，有絕佳的風味，它們都是蓮霧的家族，也是蓮霧中的奇葩。

　　我們在田裡共有六棵蓮霧樹。我們容許它自由生長，讓她自在；沒有除草劑，不施化肥，不灑農藥，雖然也鮮豔欲滴，清脆可口，但是果粒稍小，落果很多，還沒有過美好的收成。

　　小果粒，掂掂在手上，輕輕巧巧，輕輕的；送進嘴哩，細細的品嘗，尚也得來真味，倒也開心。

　　這是古早味的蓮霧。守著童年記憶，這些來自大地，這些有屬於自然魅力，也是懷念的滋味。

- **春天看，樹上的毛毛蟲**

春天看蓮霧樹開花。慢慢看
一條大號的毛毛蟲
緩緩動身。縮身蜷曲弓身蠕動
在葉隙在枝椏。一條綠色的毛毛蟲
懵懵懂懂；走進我的手機
努力在我的詩句停留

我猜牠啃新芽我猜牠啃新葉
一棵樹的婆娑或者越界或者更多
大概分不清楚我的詩句平庸
這裡大概只剩下一地殘花落果
這裡剩下一地絨白細毛

其實還有細細碎碎的樹影
旁邊還有花開花落還有芒果開花
清脆的鳥聲和田野的
風；一起呼叫
蛻變。蛻變
牠不出聲；牠似懂非懂
春天來來回回春天沒有翅膀

冬日的蔥與蒜

燠熱的天氣裡，幾陣小雨，稀稀落落。過了中秋，天黑的很快，晝短夜長。天涼了！

趕在入冬前，我們揮動鋤頭，把土地翻新，整理了三個小菜圃，我們準備在這裡種植紅蔥、蒜頭。

冬季是此地種植紅蔥、蒜頭的好季節。前後種植十年，我們在田地與蟲蟻共同忙碌奔走，雖然還是不能很容易清楚田地的一些細節，但是，每年這個時候，我們都會記得，換個地點，在田地不同的角落，種植一些蔥與蒜。一瓣一瓣剝開，依序按入土裡，每一瓣都是一份安頓，也是一份期待。

我們但求自給自足。今年我們分別種下三斤蒜頭，三斤軟蒜，三斤紅蔥。軟蒜可以看它長大的情形，陸續拔取使用，紅蔥和蒜頭，大概在冬季結束前，便是採收的時侯。

此地有鹽分的土質，又是海風的袋口，紅蔥、蒜頭竟然愈挫愈勇，在如此略帶磽薄的土地，醞滿它獨特的風味。這裡產量不少，老家的廂房，每年過冬後，都有一掛一掛的紅蔥頭、白蒜頭連梗帶葉繫在屋簷下，那是童年的記憶。

　　我們的蔥蒜個個碩大肥美，有清香，更有嗆辣味。我喜歡看它們在冬寒中的生機盎然；一棵一棵在寒風中努力的搖擺，努力的成長，每一棵每一棵都搶眼，都有堅忍的生命力。

在我家家門前

四年前，農曆春節初一的上午，鞭炮聲中，我在家中門口前，一隻乳白色的小鳥，突然飛來停在我的頭頂上。我將牠取下握在手上，牠的形色有些慌張，我隨即將牠托在手上，準備將牠放走，但是，牠竟然沉穩了下來，有點兒黏人，並且發出鳥鳴的聲音。

一隻乳白色的小鳥，黃色的頭殼，頭頂上有一撮黃色的羽冠，臉頰有兩顆胭脂紅，還拖著長長的尾巴。內人說牠是卡妹，又稱為太陽鳥，屬鸚鵡的一種，很乖巧，也很友善。這樣一隻前來賀年賀喜的訪客，讓我不覺之間，有一番的喜悅，但是，牠畢竟有愛牠的主人，我還是決定把牠放走。我心想，牠一定是附近人家的寵物鳥，在除夕夜遠近連串的鞭炮聲中，驚慌中，忙亂的離開了家門。鳥兒都有辨識的本能，牠應該可以回到主人的家。

內人主張把牠放回主人的家。可是，牠的家究竟在哪呢？我們在離家出門前，只好把牠放在門口牆邊一叢花木上。誰知道，當天傍晚回來，牠竟然還留在原地。

這是一隻有緣鳥，我決定了收留牠。年初二，我們特地跑了一趟鳥園，買回來一個大大的鳥籠，同時，為了怕牠太過孤單，我們又加買了一隻卡妹，讓牠們成雙作伴。事實上，我們並無購買動物作寵物的習慣，家裡雖前前後後養有貓狗，但都是收留的流浪動物。

我們把鳥籠放在四樓的陽台，為了提供牠們更寬敞更合適的空間，我特地買來細網加裝，附在鐵窗當成護網，同時，搬來兩棵長有相當高度的盆栽，雨豆樹和榕樹，也讓一點綠意和自然景觀進入牠們活動的空間。就這樣，牠們在陽台住居、安頓了下來；牠們在這裡啄食、飲水，對啄、嬉戲，在這裡鳴唱、呼叫。我看見牠們有時在陽台的地板漫步、走動，有時攀到高高的護網，有時沿著陽台飛動，有時落腳停歇在盆栽上，每當我拉開書房的紗門，牠們也會輕輕的越過門檻，來到我的書房漫步，或者在我的書房裡，一圈一圈的繞飛。牠們已經融入我的生活，看著牠們無憂無慮，無病無痛，我情願相信，牠們的生活是愜意的，也是滿足的。

　　轉眼四年過了。每天清晨的淺眠，我會聽見鳥叫；鳥呼叫的聲音。卡妹很定性，也很規律，牠們喚我的時間，也是我每天清晨固定餵食的時間。每天清晨，我忙著起身，為牠們添加飼料，牠們很有默契，當下會相隨從籠內探出頭來，一腳一腳攀著往上爬，就站在鳥籠的脊頂上，懶洋洋的伸出一隻腳，繼而展開一張翅膀，又伸出另一隻腳又展開另一邊翅膀，那副模樣很自在，既開心愉悅，又頗能自得其樂，也是對我的迎迓和感謝。我愛憐的將牠們托在手上，看著牠們輕輕的抖動身子，作勢欲飛，但又留著下來，隨而發出一聲聲悅耳的聲音，很富於節奏又顯得清靈無比。

　　曦光中，透過紗窗，我在書房，看著牠們啄食，看牠們不慌不忙，在偌大的陽台，若高若下、忽前忽後，繞飛著，有時會歇在小雨豆樹上，偶而歇在小榕樹上，有時便攀在鐵絲網上，看著外面一群探頭探腦的麻雀們。牠們知道，一天又開始了，這兒是牠們的家。

李男來高雄

五十八年軍校二年級下學期，救國團台南縣團委會余建業組長大膽用了我擔任《南縣青年》主編，當時我未滿二十歲。余組長用我，是我當時的一篇散文，獲得台南縣青年學藝競賽散文類社會組首獎。

接編第一期，我大膽用了李男的封面設計和插圖，當年的李男十七歲，寫詩和插畫，都具用心和創意。他的詩和畫，自然流露，淡實真切；生動有力，真摯迷人。在我主編近四年期間，除了用過詩人和畫家蔡建發的封面和插圖之外，我大量用了李男的作品。

《南縣青年》是縣市救國團發行的青年期刊，每學期出刊四期，發行縣內初中、高中、高職，以及五專院校，人手乙冊，發行量頗大。我接編後，深受余建業組長信賴，大幅更新，大力注入文學養分，儼然是青年文學刊物。也由於有李男出色的封面和插圖，相得益彰，獲得不少迴響，引來更多青年和學生大量投稿。《南縣青年》不僅在當年連續獲得全國青年期刊賽優異獎項外，相信也鼓勵和造就了當年的一些文青，目前有的還在文壇馳騁。

　　李男從來沒有離開文學、繪畫的喜愛，也沒有離開他專擅的廣告設計。多年來，他前後擔任中國時報以及天下雜誌藝術總監；他個人成立有李男工作室，在廣告、設計迭有重要作品和表現。我看見他的成長和進步，當前他已是業界大師級的人物。

　　我與李男未曾有機會見面。

　　最近，李男在嘉義的活動，遇見了蔡建發，也由於蔡建發的援引，讓我們取得了聯繫。

　　元月六日中午，李男專程南下看我。我們約好在目標明顯的立委黃昭順左營服務處見面。這一些年，十餘年，我追隨黃委員；黃委員是資深重要委員，人好，心好，也給我自主空間，也給了我辦公室主任頭銜。

　　這一天，李男來到了高雄，來到辦公室。轉眼五十年。

　　五十年相見歡。

窗邊的鄰居

一棵赫然長高的盆栽，藏身在屋子後面，闊大扇形濃綠的葉片，懸在窗口，隨風招拂，我一看就認出是一棵麵包樹。

此地公園種植有多棵麵包樹，高大粗壯，聚集成林，是民眾休憩運動的好處所。夏天來時，樹上掛滿一顆一顆碩大的果子，相當引人注目。

曾幾何時，我們屋後竟然也出現同樣的一棵麵包樹。

這大概是後面鄰居的一片美意吧。種植一棵高大的盆栽，留著一片翠綠留著一份寫意，兩家共同觀賞。

把盆栽種成大樹，不無神奇，畢竟也是個美好。但見這棵麵包樹，枝繁葉茂生意盎然，愈長愈精彩，一路挺拔，從地下室而一樓，又從一樓窗口挺向二樓，繼續向三樓邁進，儼然是一棵大樹的氣勢。

　　帶著一份想像，也是一份好奇，幾年了，我決定一探究竟，看看如何讓一棵盆栽一吋一吋、一步一步慢慢長大，看一看如何把盆栽種成大樹。

　　這裡的住屋，長長的前後兩排，背對背，中間隔著一條長長的排水溝，平日很少人會在這裡進出。

　　我潛身進入排水溝，一眼便看出了端倪。這是一棵攀附在溝岸滲入泥地，落地生根的樹，不是盆栽。竟然不是盆栽，它紮根在這裡，粗大的根鬚抓住了溝岸，有的根鬚潛入水底，有的根鬚竄入牆腳侵入水泥；就在這裡，它坐穩了它的局面，也擁有了它的霸氣，粗大直挺的樹幹，張開的枝椏，不斷擴大它的身軀和樣貌，分明就是一棵勢不可當的大樹。

　　一棵樹如此的靜好，一棵樹如此自在如此蓄足能量，在此擁有一個自己的位置。無疑的，它在這裡添枝加葉，在這裡隱忍妥協，它在這裡落籍長住。舉頭見到葉隙篩下的陽光，金澄澄亮晃晃，一些游動的光影，更讓人心情起伏。我們要感謝這棵樹，曾經帶給我們的一些驚喜和美好。

太過繁茂太過壯麗，它會繼續奮勇繼續成長。成排長長的樓房，長長的汙水道，每一家汙水，都在這裡排放。這些足夠的養分和水分，這些源源不絕的滋潤和供應，會讓它愈長愈高；沒有力量可以阻止，有一天要高過屋頂；有一天，它會攻陷地基，造成樓房崩塌。

　　許久以前，或許這棵樹，從來不會知道以後的一些事。這樣一個不對地方，一顆種子誤打誤撞來到這裡，在它破土而出的同時，已經被判定了出局。一棵樹即使不曾有過怨懟，即使還未曾有過冒犯，但是，它不能繼續留在這裡，不能在這裡延續它的身世。很顯然，它無法在這裡受到保護。

　　終究要被連根拔起，終究要被砍除，終究這是命運。

　　我不能視若無睹。我無法連根帶枝順利的挖掘將它移走，同樣的，我無法留住它。我砍下它，我會覺得殘酷。

閒閒的風；在屋頂

把泥土移置在屋頂。大好的陽光下
我在每個盆子看見
一塊一塊田畝
我種韭菜種秋葵種生薑種九層塔
你們好嗎。你們好不好
大葉子小葉子大大小小的花。隨著天光雲影
愈來愈熱鬧
這裡有風閒閒走過

一叢叢一棵棵。普通人家的吃食
一盆一盆種植在一起
種它的人
種植的汗水。是移動的光；斑斑爛爛
一字一句。是詩
愈寫愈長
一點點小蟲災一點點小病害
說著說著便都成了過去
這裡有風。葉子們聽見了呼叫
大家一起赤足走入一片遼闊的大原野

生薑提味九層塔提味
秋葵堪摘
割一把韭菜炒蛋煎蛋餅包水餃
庶民的吃食向來簡單
我摘取它們。眺望天際
心底格外感傷

• 蝶豆花

夏日以來，一棵種在樓頂盆栽的蝶豆花小幼苗，伸鬚展葉，冉冉的成長，莖枝由細轉粗，轉為褐色，它們一路盤附，一路攀爬，慢慢的坐大；層層疊疊，交織穿梭，轉眼間已經覆滿了棚架，成為綠色的大葉叢。花朵是美麗的仙子，帶著喜氣，一棵美麗的蝶豆花，熱熱鬧鬧，每日不停的開花，小葉叢間，一朵一朵紫色的蝶形花朵，有的掩藏，有的顯露，多花的身影，綴滿綠色藤葉間。

風徐徐吹著，風來拂動。樓頂上有風，蝶豆花紫色的花瓣，宛如絲絨，在風中頻頻搖動。

每天清晨起來，我都會在樓頂上摘花，花數不少，約略五、六十朵，也曾經有過上百朵。我會將這一些擺放在淺盤上，留在樓頂上曝曬，三兩天曬乾後，便將它收在密封罐收藏。

維基百科資料指出，蝶豆花鮮豔的藍色，來自於比其他植物多 10 倍的花青素；在東南亞，蝶豆花被當成一種天然食用色素。據說，蝶豆花具有增強記憶、安頓身心和通血的功效。

清晨摘下的蝶豆花，我們也記得抓幾朵放進杯子裡，加進熱水，便見滿滿紫色的汁液，很讓人賞心悅目，讓人有想像的美好。我和內人都會來一杯蝶豆花茶；淡淡的清香，喝起來溫潤順口。

　　更早之前，我們在樓頂擺置各式大小不一的盆缽，也把田間帶回的泥土，將它一一填滿。我們辛勤的種植，陸續種蔥種蒜，種生薑和韭菜，也種植九層塔。是蔥是蒜，是生薑和韭菜，是九層塔，它們有不同的名字和不同的樣貌，這些並不重要，我只知道，它們都是尋常的植物，都是容易栽植容易存活，它們分別守著盆缽的一點泥土，不斷的吸納陽光和雨露，不停的成長，這當中同樣都有美好的想像，這一些都具備了同樣的生息和同樣的意義。

　　這一點點菜蔬植物，有時長的甚為美好，有時並不理想，我們都心存感謝，都會讓它上到餐桌上。包括蝶豆花，這一些盆栽，只是因為都是自己種的。

　　蝶豆花、盆栽們，你們
　　辛苦了。謝謝你們！

• 青青的韭菜

透天的頂樓，陽光充足，我們在上面種了一些花木，同時也撒下種子，培育兩盆韭菜。這裡是我們屋頂上小小的田園。

兩盆韭菜，生機旺盛，綠意盎然。我們做了期待，隔一段時間，我便會手持剪刀剪下它，留下的根部，它又會快速的重生。剪下來的韭菜，厚厚一把，相當的嫩綠，內人常常會將它拿來包製水餃、做韭菜盒，或者炒雞蛋；簡單、平常，吃來別有一番風味，很得家人喜愛。

韭菜營養豐富，但價格便宜，是市面常見尋常的蔬菜，也是平常人家常用的食材。種得兩盆韭菜，颱風季節裡，菜園泡水了，市場菜價居高不下，適好兩盆韭菜長成，也可以派上用場。

韭菜的種子，購自城裡的種子行。我無意中選擇了它，當時還購買了茼蒿和空心菜，都是尋常的菜。也曾在偌大的菜園看見韭菜種植的蹤影，天氣晴朗，遠遠看去，一壟

一壟，它們在風中綿綿不絕的擺動起伏，讓人怦然心動。
我走上前去，告訴自己，這是韭菜。它不尋常。日出日落，
它們在歲月中努力的成長；似乎也有歡愉。

• 屋頂的蒜頭

台南鹽分地帶的蒜頭，相當生猛，既香又辣，還帶有一點油質，很適宜蒸炒炸煮作配料，也受我們喜愛。

幾年來，我們都會在田裡種植一些，供作家用。田裡帶回來的蒜頭，我們將它一包一包分裝，掛在陽台上風乾，用到時取下一包；蒜頭將用盡時，我們知道又是蒜頭下種的時候。

未料，去年種在田裡的蒜頭遭竊。眼見收成到了，竟在一夜之間，幾乎全數被拔光，現地僅留下一點殘餘剩品。

防盜難。所謂顧賊一更，作賊一暝，由於防不勝防，今年我們只好轉移陣地，改在家中頂樓，用盆栽種植。

蒜頭在盆栽裡，順利的冒芽，由於陽光充足，成長也正常。轉眼間，將是收成的時候。

盆栽裡的泥土，都是從田地裡帶回。我們希望這些蒜頭，一樣的美好，依舊保有田裡的原汁原味。

雞蛋冰與枝仔冰

　　小學的後門，許多家長在這裡接送小朋友上下學。放學的時候，不時還會看見一個賣雞蛋冰的老先生，在公園的一角停留。攤車是由高把的腳踏車改裝，後座帶了一個偌大的貯冰櫃，車把前面還掛了一塊標示板，林林總總標示了各種口味，巧克力草莓青蘋果，樣樣都很誘人。小學生們貪甜愛吃冰，老先生不用叫賣，大家都會前去購買。一支十五塊的雞蛋冰，邊走邊吃，好像那麼津津有味，我感覺是一種幸福。

　　我童年在鄉間的小學，放學的時候，學校旁也有販賣芋冰和枝仔冰的小販，我偶而也會去買它。枝仔冰一支一毛錢，走在回家的路上，看著西邊紅紅的大太陽，心裡格外的滿足。

　　這些年來，我和小孫子阿嬤輪流接小孫子放學，我多次來到小學的後門，每看見雞蛋冰，便會有一份心動，雖然我明知道路邊購買零食並不衛生，但是，對於我，對於小孫子，顯然都是誘惑，也因此，我也曾掏出零錢讓小孫子買它一球，看他邊走邊吃，一副天真的模樣，我童年的

一些往事回來了。我深深記得這些，這屬於小朋友自己天地裡的過去，千折百迴，還是一樣有味。

　　這一天。阿公帶著他
　　他帶著阿公。陪著他們
　　還有一條河水還有一地樹影
　　沿著河堤。兩人肩併肩
　　他手持著雞蛋冰
　　青蘋果的滋味
　　一口接著一口。沾在手上
　　有一點黏；有一些留在心頭上的
　　還有阿公童年的一支枝仔冰
　　還含在阿公的嘴裡

　　下午四點鐘。鐘聲傳來
　　放學了
　　阿嬤站在一棵大樹下
　　很多大人都站在公園大樹下
　　阿公有事沒有來。他很相信
　　阿嬤會準時出現
　　更小的時候

阿嬤陪他在公園溜滑梯騎木馬
阿嬤帶他尋找含羞草
帶他看美麗的阿勃勒
阿公也會在公園說三國說西遊記
很多的人物很多武藝很高強
阿公都認識

一天一天
低年級中年級高年級
日子長大了
小蘋果長高長大了
一天一天
逐漸老去。老了的阿公
偶而抬頭看高高的樹
偶而看河水的清與濁
這一些。阿公懂得
這一切。他懂了
一個大的一個小的
兩個身影走在回家的路上
輕風吹來。河的水面上
有輕輕的笑紋
好像也在跳動

疼與愛的方式

* **台灣文學發展基金會暨文訊雜誌社「以字結緣，以愛相守」為主題，一年一聚的文藝雅集，2018 年 10 月 23 日上午，在台大醫院國際會議中心庭園會館宴會廳舉行，來自全國各地資深作家多人獲邀參加。**

這一天，同時在「紀州庵文學森林」，舉行「當作家變成阿公阿嬤－祖孫情照片特展」活動，並印製成書，邀請 66 位作家、藝術家、學者共同參與。

小孫子俊秀可愛，聰明貼心，不吵不鬧，我很少看見他哭哭啼啼，臉上有一張淺淺淡淡的笑。童幼年代，便與我黏膩在一起。

我愛抱他，常在住家附近的河堤公園，雙手環抱，輕輕哼著兒歌，沿著長長的水岸樹蔭，一路閒走。陪他邁出第一步在草地學走，陪他在小沙坑小鏟子玩沙戲沙，陪他跨上馬鞍騎木馬溜滑梯，邊走邊跑陪他騎小三輪車，或者在一棵高大的土楊桃樹下，等候小松鼠出沒，或者在花壇

的矮階上，我一句，他一句，有神奇，有冒險，兩人共同編一個故事；更大一些，便在器械場做體操、拉單槓。也在清晨也在黃昏，大手牽著小手，歡歡喜喜，公園裡可以見到祖孫倆歡喜的身影。

有一位常在公園漫走的退休的老師，相當友善，每見一次，都要說：這孩子，令人羨慕！

小孫子是全家的寶。他是他父母的掌心肉，阿公疼阿嬤愛，小阿姨買衣買玩具，寵護有加。

小孫子從小喜歡安安靜靜的聽故事，喜歡翻書、看書，從繪本、童書、西遊記，三國演義，還涉及一點知識和典故。他看完阿嬤寫的近百本童書和青少年小說，也看阿嬤的小說、國內作家小說以及世界名著翻譯本。國小二年級，他看了阿公的一本童詩集，自己也寫童詩，童言童語，陸續登在台灣時報兒童版，以及國語日報。

這一年，我在高雄 85 大樓金典國際酒店任職，繼稽核經理而公關企劃部經理，工作不是很清閒，每次小孫子由家人帶著一起來到 85 大樓，我會迫不及待的騰出時間，高

興的迎接他們，陪他們走遍各樓層，參觀宴會大廳和住房，也到過觀景台，也到過室內游泳池，也到過俱樂部。

金典酒店，規模不小，美崙美奐氣派不凡，各式的宴會廳，都有名廚主持。小孫子喜歡這裡，吃遍了這裡的佳餚和美食，包括這裡的法式麵包和甜點，以及一樓簡便的海南雞飯，他都說，好吃。

他愛在這裡停留，也要在這裡陪阿公上班，每次來到飯店，便說，內用。他怕外帶。他不要匆匆離去，一定要內用。

小孫子從小學鋼琴，這是他老媽的安排，相當投入，也讓他有了更多的興趣和自信，國中一年級，已獲檢定六級。自小也學美語，進步很快，也有出身英美語文學博士老爸的加持，能聽能講，已有一點會話的基礎，獲有檢定五級的能力。有幾次，全家出國旅遊，他已經有膽量，勇敢與老外交談和溝通。

我忍不住讚美他：

阿公鋼琴一竅不通，英語會話也不行，阿公處處不行，不如你。

　　許多許多日子，我用我的方式，給了小孫子，厚重的愛。原來這就是，疼。國中二年級，小孫子放學回來，高興的告訴我，他們學校第二次段考的考卷上，閱讀測驗有阿公的名字，也有阿公的文章〈站在父親耕耘的土地上〉。

　　他知道阿公喜歡寫作，有作品選入小學、中學、大學課文和輔助教材。他知道阿公喜歡在假日，回到鄉下種田，種蔥種蒜種秋葵種番茄，種果樹花木；阿公很有心，也觀察也採擷，也種植也書寫。他有時來到田地裡，便會問我，要不要再出書？

　　小孫子用他的方式，回應了愛。一句關心的話，一個關心的小動作；這當中有敬，也有愛。

安靜的村落

· 放送頭

　　附近幾個村落，沒有商家，沒有菜市場，僅靠一些流動商販，開著小貨卡，帶貨前來販售。這些商販大都選擇停在大廟前，透過放送頭廣播，招徠村人購買。他們不一定同時出現，陸陸續續，零零星星，稍作停留，又轉到隔壁的村子，也是停在大廟廟埕，同樣透過放送頭廣播販售。村中的放送頭，主要做為村中相關活動通告，以及政令宣導，同時，也受理村民委託的協助事項。

　　陽光映照的放送頭
　　高高懸在電線桿
　　午後廟裡。間間歇歇
　　傳來播放的消息
　　賣魚賣肉；青果蔬菜
　　豆花碗粿；肉羹炒米粉
　　也有廉價成衣也有腳踏車修理
　　村頭村尾。一幢一幢

灰色的家屋
都在高亢的聲浪裡

狗兒們在田地的一角
被呼叫。拉長的
吹狗螺拉到眼前
陣陣被呼叫
也包括農地種植的農人們
買一條魚買一塊肉或者
吃一碗炒米粉

天地有了滋味。這美好的
天地。突然突然的飽滿
突然的空曠
田邊旋起一陣風。風吹回來
繞過竹林
放送頭的聲浪
落在隔壁的村落裡

‧ 魚塭的虱目魚

老婦人，今年八十歲，住在隔壁下山仔腳，玉山村。騎著一部古舊老機車，帶著一籮筐虱目魚；剛剛網撈上岸，活跳跳的，來到村子裡。

老婦人家中有半鹹水的魚塭，飼養虱目魚。她的漁網攔在魚塭裡，有人訂貨，現撈現賣。通常，她都在清晨撒網拉網，從這一頭拉到對岸的一頭，很多的魚一網成擒。

她不到市場販售，也不沿路叫賣，一向只接受訂貨，附近幾個村子，都是她忠實的客戶。清早捕撈的魚，上午便會送到村子裡。

老婦人的虱目魚，每一條都碩大肥美，都在兩斤上下。每一條都合人意，不用挑選。

這一天，適好我們回鄉下農地，花了一千元，我們買了十五條。

這些虱目魚都是老婦人飼養長大的，每天大清早便摸黑起來飼養，然後開始一天的忙碌。她飼養的虱目魚，每一條都長的好好。

村人一向節儉，購買力其實不大。但是，村人熱心，願意發心為離鄉在外的家人或親友代購，並且幫忙去鱗去腮。很多城裡的人，似乎對來自家鄉的虱目魚，有一份獨特的親切感。

難得見到如此「物美價廉」的現撈魚貨。老婦人平平實實，沒有花樣沒有心機，不必討價還價，當中也有忠厚篤實的人情。

冬天冷冷的早晨，有一股溫熱突然襲上心頭，讓我們很想很想到她的魚塭走走。

移動的植栽

老鄰居愛植花木，多年來在透天屋樓頂，培植不少盆栽。近日裡搬到附近的大樓，由於新屋沒有適當的栽植空間，又知道我們喜歡種植，將它全部送給了我們。

這些大大小小、形形色色的盆栽，琳瑯滿目，約莫五十盆。包括有柑、橘、芒果、桑葚、釋迦、檸檬、葡萄、麵包樹等各類果樹，以及茄苳、木棉、掌葉蘋婆、大葉欖仁、五葉松、厚葉榕、雀榕、葫蘆竹、相思樹等樹木，都是普通常見的。還有各種造型盆栽和各式花草，以及一些，是我叫不出名字的。瓷盆、塑膠盆、缸和甕，各種花器一應俱全；每一棵每一棵都枝枒交錯、綠意盎然，相當的吸睛，看得出長期以來，主人對它的疼惜和呵護。

眾多的花木盆栽，有灌木，有喬木，有草本，有木本；有的會開花，有的會結果。一些適合觀賞的，包括石斛蘭和小品盆栽，我們留在家中的陽台，絕大部分都移植在田地裡。

這些盆栽都成了植栽。它們從都會的一個頂樓，來到鄉間的農地落地生根。我安置它們，就是要它們接受鹽鄉的陽光和雨水，同樣享有鹽鄉的蒼穹和遼闊，就像田裡所有的作物一樣，很安適很舒緩的，它們搬住來到這裡，同樣都要成為田地的主人，成為鹽鄉真正的花木植物。

　　這些年來，我們辛勤的在田地裡，種有不少的花木、果樹，以及季節的蔬菜，似乎也擁有了一塊屬於自己怡然的天地。這些新來的嬌客，我們珍惜著，逐一的為它們挖坑挖洞，為它們選定適宜的位置，拉開間距，也留給它們足夠的空間伸展。它們的到來，給田裡帶來新的夥伴，也給田裡帶來更多的歡喜和熱鬧。

　　種植的過程，是一種期待，是一番美好，總有一股熱騰騰的感受。這是一種福氣。

　　送樹的人，記得樹的身影和過往，他有他的細密和溫度，種樹的人，莫忘初衷，要記得澆水要記得除草，抱著憧憬，要記得整枝和修剪，要它們長高長大。也讓它們迎著風迎著雨，在風中在雨中搖曳，在風中在雨中對談；看著日出看著日落，看著大自然的神秘與力量，聽一聲聲的鳥鳴掠過。

野生的果子

· 野生的金桔

　　一棵金桔，細細高高，在路邊停車場的綠籬，直挺挺的冒出。暗綠的葉片，堅實的枝幹，枝椏間綴著一顆顆果子，由小而大，由青轉黃，金澄澄，圓滾滾，在陽光下發亮。旁邊有車子喧囂呼嘯，對面也有一家露天的咖啡簡餐，每晚都有歌手駐唱，歌聲撩人。

　　一棵野生的金桔，看著前前後後的路樹，枝繁葉茂，愈長愈高，它不顧影自憐，也不自怨自艾；沒有失望也沒有悲傷，它也願意成為路樹，帶著婆娑綠意，很歡喜，很自在，成為街頭的一抹景致。這份力量，自有一股野性的生機，很雄渾，很沉穩，這未嘗不是大自然珍貴的、完美的試煉。

　　我不曉得它為什麼會在此落地生根。它應該不是人工栽植，栽植不會選定這裡的位置。或者是鳥雀排出的糞便，帶來了種子，或者是路人隨手拋下的果子。埋身在綠籬中，寄身籬下，暗自成長，竟然有長高長大的一天。

148

一棵野生的金桔，畢竟懂得做為一棵樹的意義。季節到了，它順利的開花、結果；它展現了強韌的生命力。

　　一棵長的好好野生的金桔，難道沒有受到天牛的侵襲？野生金桔到底是如何避開天敵天牛的侵犯？我覺得納悶。

　　一棵讓人疼惜，一棵沉穩、專注的金桔，它用它的方法，它做到了。我要為它獻上一份深深的祝福。

・ 天牛和柑桔

田裡種柑橘，種檸檬，種金桔，這幾種果樹，最怕遇到天敵天牛。剛剛不久種下的果樹苗，眼看它定了根，活生生張開枝椏冒出新葉，一吋一吋慢慢的長高長大，不料來了天牛，根莖，嫩葉都要遭殃，天牛凶狠無比，一步步進逼，葉子稀落葉子枯萎了，這些果樹都要面臨死亡。

友善的種植環境，不容許有蟲害出沒、例如台語稱為「臭腥龜子」的椿象，常在果樹間活動，吸取植物的花果莖葉汁液，造成植物失調果實不良。也因此，如何針對各種蟲害不同的特性，施以不同適當的防治的方法，才是上策。

果樹的病害有炭疽病、疫病、果腐病、黑腐病，蟲害有小綠葉蟬、果實蠅、粉介殼蟲、天牛、椿象、腹鉤薊馬、毛毛蟲等。從事種植，這些知識取得和防治技術，是個課題。有人告訴我，要有一份對大地尊崇的心，向大地學習；有人更進一步告訴我，記著，要用節制的方法，不用化肥，不施灑農藥，讓草地隨地生長，也可以讓土地保持有自然的活化生息，也可以擁有一個友善的種植環境，讓土地保有健康。

提到天牛，我們不能忽略天牛繁衍育幼的本能，如何針對有效阻斷遏制幼蟲生活歷程，才是上策。這道理很簡單，沒有針對性的防治和防護，便不會有勝出。否則，一場面對天牛，真實的戰爭會繼續在田園上演，我們會繼續失敗。

　　天牛，明顯一對堅硬的觸角，有如牛的犄角，可以在空中飛行。看似可愛的昆蟲，好像是隻小寵物。它會在主幹周邊產卵，幼蟲潛入地下，蟄居在土壤中，食用主根和側根的韌皮，阻礙根部的輸導功能，阻礙養分以及水分的供應，危害整棵樹，造成枯死。

　　附近農地有人種過柑桔，他們熱心的指導，要我們修高修剪主幹，首先就要打亂天牛樹幹基部產卵的習性，進而環著主幹，為它加圍塑膠布，阻斷幼蟲的生活歷程，接著，田間要作清理，也要精準的施肥和用水。感謝農人教導，憑著這麼一招半式，竟然讓我們有了一點心得。

　　我們做好準備，繼續種柑桔種果樹。我們整裝以對，我們是種柑桔種果樹的人。

· 野果子雷米

古早的年代，也是我們年小的時候，孩子們在田野間追逐玩耍，我們會在水稻田的田頭或者地瓜田的田頭，或者在兩家兩條田埂交界的地方，發現有一棵矮叢的小灌木，它的身上有詭異迷人的氣味，大人說，這是土地公種的植物。另外，在田野的某個角落，有時也可以發現有雷米樹，它的身上長著有一顆一顆圓圓紅色的小果粒，是孩子們與鳥兒共同搶食的零嘴，也讓孩子們享足泥土的芬芳，孩子們學著大人說，這是土地公種的樹。

2009 年，我們動身回到家鄉種植，一眼見到田地裡靠前的位置，有一棵枝椏伸張高大婆娑的樹，它的身上有紅色的小果粒閃閃發亮，我一眼便認出這是童年野生的果樹。好像心有靈犀，不久，我們就緊靠著這棵雷米，在它的前面蓋了一幢小木屋，也開始了鹽鄉種植的歲月。

一年的時間裡，我們忙著整地割草，一年的時間裡，我們忙著種植花木果樹。當春天來臨的時候，小黃蝶飛滿了田園。

一年後，我們起心動念，取來雷米樹下的幼苗，又在田地的後端種了一棵。我們擁有了兩棵雷米樹。

　　野果子雷米，開五瓣白色的花。六月開始結果，小小果子由綠轉紅，便可採食。它的果實多汁，有焦糖的甜味，是很多孩子們的美味零食，也吸引鳥雀覓食。

　　野果子雷米，也沾點喜氣，又稱文定果，台語稱號為「嘎逼」，是常綠喬木，也是先驅樹種，常生長在開墾的荒地或路邊邊坡。它的果實，類似櫻桃，所以有人稱為南美假櫻桃。

　　我們擁有的兩棵野果子雷米，有著無限的美好。它們如常開花結果，每年六月，我們與鳥雀共同搶食這一樹的果子。

· 小葉子蕃石榴

一棵小葉子蕃石榴
那麼細那麼小；它很小
它是鄰居的小孩
在一棵芒果樹和一棵芒果樹之間
在夏日芒果濃郁的氣味裡
有一棵小葉子蕃石榴
種在田地裡
種在果樹園

拔子、那拔子、小粒拔子
它是台灣的原生種
只有種它的人才能明白
才能明白它的淬煉
一株小小的小葉番石榴
滿樹小小的小果子
也在寒風中散發迷人的清香
它不小；它有了十年的歲月
它不小。有光有影
它有十年的身世和歲月

田地裡的天牛

天牛，是柑橘、檸檬的剋星。活生生的一棵果樹，經不起肆虐，葉子會掉光光、變成枯萎。

早先，我們對天牛認識不多，在我們眼裡，只不過當它是普通昆蟲的一種。它有一對伸長的觸角，有如牛的犄角，模樣討喜，看它在葉脈走動，在枝椏間繞走，在空中飛行，更覺得新奇，我們一度當它是可愛的昆蟲，小孫子來到田地裡，看成獨角仙，以為是可以在手上把玩的小寵物。

我們採取放任的農法，在田裡種植蔬果，也種柑橘，種檸檬和金桔。澆水、施肥，就是不噴灑農藥。我們頗為勤奮，汗水和進了泥土，眼看著它們張開枝椏冒出新葉，一吋一吋慢慢的長高長大，枝幹變粗也有了樹形。果真第二年，我們見到了開花，陸續也見到枝頭綴上的果子，未料不久，不知來自何方，樹上出現幾隻不速之客，這正是所稱的天牛。我們初時不以為意，但是，這一年嚴重落果，收成顯然不好，我們懷疑是天牛摧殘的結果。

　　雖然有了警訊,但是,由於我們對植物的特性,以及種植的知識顯然不足;也因為太過放任,我們並未即時作出防治改善的作法,過後不久,便發現葉子有枯萎的現象,葉子稀落了,葉落枝枯,每一棵都很掙扎,每一棵都很無助,有一些熬不過,竟然枯死了。

　　有經驗的農人告訴我們,果樹發現有天牛,就要立即動手將它清除,一隻一隻的抓走,否則它會在樹幹周邊產卵,卵孵化了,變成幼蟲,一隻隻潛入地下,蟄居在土壤中。這些幼蟲以根莖的韌皮作主食,食量相當大,不要多久,根莖會啃去大半。啃過的缺口,失去了養分失去水分供應,一棵柑橘就是這樣枯死。

　　天牛危害大了。原來,看似簡單的種植,天牛給我們出了一道生與死的考題。

　　我們知道問題出在哪裡。我們借重他人的經驗,環著柑橘的主幹,為它加圍塑膠布,用來阻斷幼蟲基本的生活歷程;我們勤於修剪主幹,讓它保持在地面十公分以上,藉此打亂天牛在樹幹基部產卵的習性;我們勤於田間清理

和維持，同時也有了較精準的施肥、用水時機。憑著這一招半式，我們大致遏制了天牛的侵襲，也讓這些柑橘保住了一份生機。

　　種植是忙碌的，辛勞之中，我們保住這裡的靜好。田地裡有流動的風，有它的歡喜，也散發微微的果香。

地上一條毛毛蟲

中午收工休息，剛放下鋤頭，一眼便見草叢間，一條毛毛蟲，正曲身奮力爬行。這些日子，我們常看見許多不同模樣的毛毛蟲，在田地間出現蹤跡。一條毛毛蟲，毛茸茸，軟綿綿，黑漆漆的身軀，一節一節的蠕動，看來有幾分猙獰。炙熱陽光照在牠身上，那模樣更清晰，更銳利。

牠快速的閃身，頓即埋身鑽在草叢裡。顯然的，牠有了戒心，牠在作保護和逃脫的動作。倒是，我們有心看牠，依然可以抓住牠的蹤跡。眼看牠在草叢間行色匆匆，躲躲藏藏；鑽進又鑽出，一霎時，失去了蹤影，一霎時，竟然又折轉回來，暴露在平地上。很顯然，一條毛毛蟲對於風險的評估，還是有牠的不足。

我們並無意傷害牠。我們靜下心來，只是想瞧瞧牠；我們只是好奇，看牠不斷變動的位置。

一條毛毛蟲，不是一條毒蛇。牠不會咬人，最多不過噴出一點毒液，讓人身上發癢發麻。

前面有牠不明白的路途，前面也有不能預知的傷害和災厄。我們不知道，一條毛毛蟲，為什麼東張西望，為什麼形單影隻，急急的在趕路。靜極思動，牠要去冒險，牠要在不同的地方流浪？

　　牠準備離去哪裡，或者只是路過，或者只是出來透透氣。我們相信，這裡有豐足的林木、草地，這裡有足夠的生機，這裡有良好的庇護，牠應該選擇留在這裡。這是一個可以讓牠逍遙，讓牠自在，讓牠簡單擁有的好所在。田地有美麗的光影交疊，田地無私，一草一木一花，都會用鮮嫩的葉子哺育牠們。

　　一條毛毛蟲，還有更多的毛毛蟲，都在這裡出生，牠們都選擇留在這裡田地。我們這樣想著想著，竟然那麼毫無來由的，擁有一份想像與快樂。

　　多麼美好的約定。我們好像見到一條毛毛蟲蛻變，就在我們身旁飛了起來。毛毛蟲不能飛，牠一直在草地、林木間爬行，爬呀爬的，直到羽化成蝶，牠不能爬了，便在風中飛了起來。飛了起來，一條毛毛蟲，變成一隻美麗的蝴蝶，飛了起來；多麼美好的蛻變和完成。毛毛蟲的生命

要飛舞，牠不忘初衷，涵蓄生命的能量，讓生命延續，讓生命飛舞，牠的本意美得像一首詩。

我們重複的說，毛毛蟲要變身，變成一隻美麗的蝴蝶。這裡的晴空、綠地，好像都側著耳朵，同時都給了回音。

田地間有鳥鳴蟲叫；有蜜蜂有蝴蝶有青蛙有蟋蟀，夜裡有遠處村落稀落的燈火，還有一閃一滅飄忽閃爍的螢火蟲。我們喜歡這裡的歡喜與相遇。

田地裡的鳥叫

田地裡來了很多的鳥類。成群的、結伴的、單隻的，有的低空掠過，有的在田邊一角的草地拾蟲，有的在樹梢上跳躍，有的棲在竹叢間。或明或暗，或高或低，它們在田間不同的角落，發出鳴叫和呼聲，一隻唱起，又一隻接唱，聲音嘹亮、輕越，不絕於耳，聽來愜意，讓人歡喜。偶而一聲驚動，群鳥拍翅驚起，帶來田間一陣騷動，相當熱鬧，也帶來田間的熱力和活力。

村中的人口，由於老化，附近很多的農地都辦理了休耕，我們倒是忘了田間操作的辛勞，返鄉從事了種植。我們在田裡植有香蕉和竹林，我們種下番石榴、芒果、龍眼、荔枝、蓮霧、櫻桃、蓮霧以及桑椹和棗子等各類的果樹，也種蔥、種蒜、種番茄、種青椒、種茼蒿以及各類的蔬菜。我們投下不少的心血，但是，我們寧願多一份辛勞，少一分收獲，我們絕不噴灑農藥，不使用化學肥料，也不施灑除草劑。這簡單的心願，無非讓我們農地保有一份乾淨的、自然的生意，也保有蟲鳴和鳥叫。

　　早年的小村，家家戶戶都種了一些樹，社區重劃後，道路取直了，很多高大的樹都被砍伐。我們在村外的田地種樹，很快便招徠鳥隻的前來，也因為這裡擁有不少的昆蟲，可供作覓食，我們種下的果樹結了果子，同時就是牠們的美味牠們的點心。這裡很快成了鳥類的聚集地，很多的鳥雀在此築巢繁衍，這裡也成了鳥類快樂的天堂。

　　內人喜歡在草地上灑一些米粒，立即引來各式大小鳥隻前來覓食，轉眼間，便搶食一空。我知道內人少女年代，曾在家中宅院裡養過小雞，她把小雞照顧很好，人與雞之間成了好朋友，也有良好的互動和溫暖。她從來都記得這份美好的回憶，也因此，她把養雞的心情，帶到田地裡餵食這些鳥兒們，就是怕牠們挨餓受苦。

　　我們曾在果樹上，在竹林間，看見鳥雀的窩巢，我們曾看到成鳥在鳥窩邊餵食幼鳥，我們也曾看見成鳥帶著幼鳥試飛，這裡是鳥兒的練習場，也是鳥兒悠遊的天地。

　　我們見過的鳥類，包括有麻雀、烏鶖、烏鴉、斑鳩、白頭翁、伯勞、喜鵲，還有很多不知名的鳥類。

• 幾種熟識的鳥

麻雀不適長距離飛行，大都在厝角間跳動，作短距離的飛行，是我們童少在鄉間最熟悉的鳥雀，我們稱牠為「厝角鳥」。每年稻子成熟的季節，但見牠們成群結隊前來，在一片黃金稻浪中，大肆飽食，農人們不甘其擾，用稻草人唬牠，用鞭炮嚇牠，效果似乎有限，牠們吃飽了，便一路列隊，站在高高的電線上嘰嘰喳喳。

曾幾何時，農地出現有大量的八哥鳥，牠們是外來的鳥，體型較大攻擊力較強，成群結隊，愈來愈多滿天飛舞，麻雀體型較小，顯然不是對手，我很擔心，有朝一日，麻雀會不會在田地消失。

站在野地，這裡還是看得見烏鶖。

烏鶖喜歡與水牛結伴同行，牠們頗能精準採食牛隻身上附生的小蟲，還包括牛虻吧，我們童年在野地牧牛，常常可以看到烏鶖站在牛背上的身影。

　　白鷺鷥喜歡在村外大片的竹林間棲息，牠的體型較大，瘦長、雪白，白日裡，牠們在附近的池塘、野地覓食，黃昏之前，牠們會成群的回到棲息的竹林間，把竹林覆蓋，變成一片雪白，遠遠便可看見牠們棲息的蹤影。這些田地裡叫得出名字的鳥隻，或多或少都會帶給我們一些記憶。

　　倒是當年常在村子裡外盤旋的老鷹不見了。我們知道，老鷹會抓小雞，每次老鷹前來偷襲，寧謐的村子會立即雞鳴狗吠，引來一陣騷動，母雞會立即帶著小雞避開，並且張開翅膀把小雞保護的很好。

　　這幾年在田地裡看過各種熟識的鳥類，就是不見翱翔天際的老鷹；老鷹不見了，內心不無一些悵然。

• 休耕的田地

休耕的田地，每年至少都會有兩次的翻土。翻土的日子，帶來大批成群的白鷺鷥前來覓食，相當壯觀，很具氣勢。

牠們緩緩的飛起，緩緩的落下，一隻接著一隻，姿態優雅，一路尾隨在犁土機大型機具的後面，一路巡走一路伸長脖子，向前一啄，便吞進肚子裡。

這裡擁有各類的昆蟲，包括草蜢、蟋蟀、小青蛙、雞母蟲、蚯蚓，以及各類的昆蟲，隻隻肥美，這難得的大餐，都是大地賜給牠們的獻禮。

白鷺鷥離去之後，各種鳥類會陸續蜂擁而上，牠們同樣衷心的沉醉，同樣可以飽餐一頓，吃飽了，振振翅膀，滿足的離去。

早期的農村，許多農村青年陸續湧進都市成為勞工，農村人口驟然老化，種田人力缺乏。休耕便是如此開始的，

附近的許多田地，大概都已是常態性的。一年兩次的休耕，他們會在前面的一次轉租給飼料公司，統包種植飼料玉米，下一次則大致種植田菁或野花生，充作田地的生養堆肥使用。

總以為休耕可以讓土地生養喘息，休耕可以讓土地蓄滿力量。我不很清楚，大概就是這樣吧。

陽光從天上源源不絕灑了下來，灑在剛剛耕耘機走過，剛剛翻土的田地上，我從我種植的田地看過去，望向天空，看久了感覺有風，有些風有一點雲在飄動，看久了，高高的藍色的天空，似乎有了舞動。大地也在舞動。

田地裡的麻雀

秋收過後，田野一片空曠，常見有成群的麻雀，默默的來到田地裡。牠們一隻一隻悄悄的出現，一隻一隻靜靜的離去。

這裡是鳥兒的天地，這裡是野草種籽的天地，這裡也是蟲蟲的天地。我們在這裡聽見有野地的風聲，我們聽見有鳥聲啁啾，我們看見有成群的白鷺鷥，我們同樣看見有麻雀成群結隊。麻雀們在這裡啄食，在這裡現身，隨著一陣風，忽高忽低，倏忽在低空中掠過；又隨著一陣風，倏忽揚長而去。

麻雀飛的不遠，僅作近距的飛行，屋宇、庭院，林蔭、路道上，不論城市或鄉下，一年四季，許多日常所見的地方，都可以見到他們的蹤跡。小時候，我們認得了麻雀，常常見到牠們在每家的屋頂，每家的庭院間跳動，我們跟著大人叫牠們厝角鳥；厝角鳥仔。

秋日的下午，我從農舍走了出來，一眼見到田地有一群鳥成群飛來，我認出牠們是麻雀。就在不遠處，就在田邊路口一支電線桿，牠們靜靜的停了下來。

一支高高的電線桿，上端有長常的電線橫佈，另一端，有一條高斜的鋼絲線，拉緊扣住地面。橫線上、拉索上，成群灰褐色的的麻雀一隻接著一隻，前前後後、併排接壞站在一起，嘰嘰喳喳歡歡喜喜，很是熱鬧。

我在芒果樹前，看著電線桿一路排開的麻雀，看牠們高談闊論，歡喜的叫聲陣陣的傳了過來，很像是同學會。

這幾年來，我在田裡陸續種下一棵一棵不同品種的芒果樹，有幾棵是四季芒果，它們一年春秋兩度開花結果。現在是秋季，正是開花的時候，秋日淡黃色的陽光照亮了芒果樹，照亮了枝頭上成串的花穗，一串一串的金黃。

鳥聲啁啾。淡黃色陽光照亮的田地，這裡有秋日十月的美好。麻雀在這裡有牠們生命的靜好。

• 麻雀

田邊路口的一支電線桿
常常有成群的麻雀停下來
吱吱喳喳。吱吱、喳喳
一支電線桿開始熱鬧了
我不知道麻雀們在說什麼
黃昏以前淡黃色的陽光照亮
秋日的芒果花。一串一串的金黃
一串一串上下起伏
很像波浪

田地有鳥兒在林木棲息
田地有鳥兒在草莖築巢
天色漸暗。天黑了
田地有鳥盤旋
田地有鳥飛回
日落以後還有陣陣的晚風
我走到路口電線桿下
很想與麻雀們說幾句話
牠們不見了
安靜的。飛走了

簡單的拍攝；詩很長

向晚時分。城裡的鳥兒，有的飛到附近的公園，有的以行道樹為家，在路樹聚集。一隻兩隻，三三兩兩，牠們從城裡四處飛來，忙完了一天，牠們找到一棵樹，找到一個落腳的地方。

灰黯的夜空下，街頭行走，有車聲呼嘯。不意間，街燈乍亮，我被一陣高亢嘹亮的鳥聲鎮住，一棵樹接著一棵樹，漫天鋪地都是鳥聲。循聲抬頭看去，樹上一團黑影，看不見鳥的蹤跡。

一棵一棵，高大茂密的樹，挺立在街道兩旁。多少年了，很多的樹，由小而大長高長大，有一些枯死，也有一些樹被摧殘，也被看不見。同樣是一條大街兩旁的行道樹，斷斷續續，有一些樹缺席了。

並不是每個路人都會注意行道樹的動靜，並不是每一棵樹都有鳥兒群聚。一棵樹承受了力量，沒有抗拒，沒有後悔，讓鳥兒們住了進來。沒有抗拒，沒有後悔。有歡喜，有熱鬧；這是美好。

今天我在熙來攘往的大街行走
今天我在日暮的街頭頻頻停留
沿著紅磚道。沿著一條商店飲食街
地上有麻雀地上有光影
牠們跳躍。地上閃爍
夕陽隨後走過來。好像又走回頭的路
我不走回頭路
我走著。反覆的站著
我聽著。反覆的看著
街燈乍亮。撲撲飛落在樹上
我忽然被一陣高亢嘹亮的鳥聲喊住
牠們在呼喊。許多眼睛看著我
我在黃昏的街頭停下腳步
我忽然明白
我也是樹上的一隻鳥雀
我唱我叫。我們不緘默

一棵樹接著一棵樹
漫天鋪地都是鳥聲
很像演出。很像詩人寫詩的字句
高高低低高低起伏

大家都沒有失禮
大家都興緻勃勃
此刻在黃昏的大樹下
我赫然變身變成了一棵樹

這裡曾是荒郊野地
現在有了街道有了商家店面
許多住家許多人在此定居
很快天黑很快入夜了。也該睡了
鳥聲會靜下來
通往明天。鳥聲要靜下來
寫詩的人有隱喻又有想像
寫詩的人
聽牠們說什麼
有的在明日的草地明日的水岸
有的在街頭有的在屋頂在巷口
大家都是天生的。沒有人餵食
大概就是這樣
我的詩長了翅膀
也飛翔

秋天平常的日子

• **秋天平常的日子**

　　秋天我來到一個微彎的三叉路口
　　我在秋天一個平常的日子
　　看一棵黃槿秋天開花秋天開黃色的花
　　我在一棵黃槿樹下。我在一條熟識的路上
　　秋天裡我是路上的一棵黃槿
　　看秋天慢慢悠悠。看秋天如此細細長長
　　田野上有秋天的光田野上有秋天的影
　　有我秋天的夢

　　秋天我來到幼時童年放牛的青草地
　　這裡土地毗連這裡地形開闊
　　走過村道，走過村落。走過阡陌和草徑
　　秋天裡我是四野空曠的一陣風
　　不見秋天的牛不見秋天的耕種
　　我遇見村上的人我遇見拿著鋤頭種田的人
　　一部高大的耕耘機

豪氣的出動它正在賣力的翻動
秋風颯颯。一畦一畦揚起陣陣的黃沙
後面有一群白鷺鷥尾隨

我帶著一陣風我帶著黃昏的一片霞光
回到幼時童年的老房子
站在古厝的一堵紅磚牆
很清楚看見一輪落日有一張豐腴的臉
田野安靜
村落安靜
秋天的霞光寫滿了天邊
秋天的霞光帶來了秋意

· 秋日芒果花開

田地裡種了一些芒果。一棵一棵芒果樹,各有不同的品種,有土芒果,有金煌,有愛文,有海頓,有玉文,有凱特,有四季芒果,還有一些記不起名字的。每種芒果形狀、大小不一,風味、甜度不同,每種芒果都各有擅場。

我們種有它們超過十年,這些枝繁葉茂、青蔥翠綠的芒果樹,成長、茁壯,四面八方不斷伸展,加大成林。它們易於栽培,蟲害較少,每年依著時序開花結果,果肉清甜鮮美,從來是我們擁有較多愉悅較多喜樂的果樹。我們稱它是有用的、快樂的樹。

前陣子春夏期間,滿園子剛剛熱熱鬧鬧開花結果,剛剛熱熱鬧鬧長大收成的芒果,幾棵四季芒果恰如其份並沒有缺席,它們跟其他種類芒果樹一樣,同樣結實纍纍,同樣掛滿枝頭。

秋風漸起,季節進入秋季,這幾棵四季芒果,不僅逢春開花,遇秋也開花,此時此際,但見高高的枝頭上,依

然有一串串花穗昂然的冒出。那圓錐形那鵝黃色的花序，那麼努力的在秋日的陽光下綻放，那麼努力的在風中隨風搖曳。我們知道，到了冬天，一個個幼小的青芒果，一個個由小而大慢慢的成長，這之後，一個一個碩大的芒果便會懸掛在枝頭上，大概明年春節前後，便有金黃的芒果長大成熟。

同樣是一棵芒果樹，為什麼有的如此堅強如此飽滿如此倔強，為什麼要如此頻繁，為什麼為什麼要如此忙碌，如此一年兩度開花結果。累了吧累了吧。那細細的小花那麼美，那麼讓人癡迷，那麼讓人心疼。

秋高氣爽的日子，我們又一次來到了田地。

看過秋日陽光在四季芒果樹上流淌，看過黃澄澄的陽光輕灑在盛開的花穗上，我的身上有鵝黃與橙黃，薄薄的一層金黃，曬出一片淡雅曬出一片坦然。

秋日空曠，秋日如此熟悉經過，秋日如此容易讓人安詳平靜。鄰近的幾畦農地陸續翻耕，地上留有剛剛秋收過

的殘梗和氣味，成群的白鷺鷥隨著耕耘機砰砰砰的聲音，成群的飛來又成群的飛去，更添加了幾許秋意。這裡一片坦潔、遼闊，我常在這附近的田地閒走，走了很遠，慢慢的又走回來。秋日在風中浮了起來，彷彿沉沉的進入一段愉悅的時光，人生恍惚如有一悟，內心充滿了平靜和喜悅。

　　秋天的芒果會帶著秋天的氣味陸續的在冬天長大。明年春節前後，我們會看見金黃的芒果在冬天長大成熟，它們是冬天的芒果。

農地的菅芒花

菅芒花，很接地氣。通稱芒草，又稱茅草。在山坡在溪床在曠野，它們幅員遼闊，野生野長，生機盎然，處處可見。

秋冬時節，東北季風增強，成山遍野長高的野芒花正值盛開，銀白的花穗迎風搖曳隨風舞動，有如翻騰的雲海，有如海上波動的浪濤。美好的風情，搖曳生姿，讓人好整以暇駐足徘徊，讓人心曠神怡。

這份情境，有人生的況味，深邃、迷人，可以將人淹沒。大致是某個時日，我們路過，見過，看見滿山遍野成波成浪，白茫茫一片高大的芒草，我們被打動了，有了一份記憶，有了內心的編織和嚮往。說不清楚，那會是記憶中留下來的一分美好。

我們在種植的田地，發現有芒草的蹤影，小小的一叢翠綠，在陽光的照耀下，格外鮮明。我們一路看它漸漸向四周擴展，看見它們行走看見它們跑步；小跑步，邁開的步子，猶如征戰的戰士，勇往直前。

它們根鬚盤佈，相互蒂連，儼然是個大家族。大家族、小家族；小家族衍生，又有了更多的大家族，一家人變成群聚的一群人。第一年過去了，第二年、第三年，它們肆意擴展，大肆為患，大片芒草佔去了大片農地。

　　田地的一隅，荒草遍生，草滿為患，永遠割不完的芒草，慢慢成了我的心頭大患。今年春日，我們決定在整地之時，一併將它剷除。

　　它們是長高的芒草，過往的歲月，村中人家有人拿來蓋茅屋蓋草寮。茅草太密太高，根柢釘得很深，很難動手拔除，鋤頭也不易挖掘，我們只好用鐮刀先作割除，這些割下來的茅草，我們不蓋屋子，我們就地利用，拿它在果樹環著底幹平舖作護蓋，很多果樹因此有了更多的養護。

　　接著，便是用鋤頭的時候了，一步一步的挖掘，每一鋤都很重，每一鋤都很深。敲碎泥塊，仔細的清理，不要留下一點斷梗殘根，生怕埋在土中便又復活。

　　田地安穩了。我們把菅芒花逐出了種植的田地。或許，不必擔憂，這以後，看菅芒花看風景，還是要在山坡在溪床在曠野。

填沒的池塘

村中的院子前和田野間，有很多大小不一的池塘。這些先祖遺下，早年掘地成池的池塘，它的水源，大都來自於蓄積的雨水。我們稱它為大堀，或者稱水堀仔、水池仔。早年間，水利灌溉欠缺，用水不足，有可能作為灌溉或洗滌使用，後來改做為養魚池，並以養殖吳郭魚、草魚、鯽魚等淡水魚為主。

這些大堀是我們童年流連、快樂的天地。炎炎夏日，孩子們三五童伴，大攜小，來到池塘泡水、游泳、打水仗，大家曬的一身黝黑發亮。有時候，大人們聞訊趕來，持著棍子，吆喝罵人，孩子們一躍而起，抓起內褲，光溜溜的往田野奔跑。等著大人轉身走遠，孩子們便在田野間追逐、奔跑，直到黃昏前，家中傳來遠遠的叫喚聲，大家才會離去。

這裡是絕佳的釣魚場。誰家擁有池塘，誰家的家人，大人和孩子都有面子，走起路來格外有風。我們都知道，池子的魚既肥大又鮮美，數量也可觀，他們釣自家的魚，可以同時擺下幾支釣竿，一竿一竿，一尾一尾拉上地面，都是活蹦亂跳的。看見他們一尾一尾卸下鉤嘴，一尾一尾

塞在簍子裡，動作既熟練又俐落，簡直讓人羨煞。

　　家裡沒有池塘的，要嚐嚐抓魚之樂，只能在雨季後的溝渠裡撈魚捕魚。這裡魚兒不會太多，大概都是一些雨季池水溢滿跑出來的流浪魚，抓它捕它還要靠運氣，若是用釣的，一竿在手，往往折騰大半天，才能釣個三尾、兩尾，或者一條都沒有，很是掃興。

　　每年池塘的撈捕和採收是養魚人家，也是村中的大事。池塘人家很有經驗，他們算準魚兒長大的時間，一到收成的時侯，他們會分批分段撒下大網，找來多人幫忙，大家共同連手拉網，一次又一次的把一群活蹦蹦的魚兒撈捕上岸，這大批的漁貨，除了一些村人會搶鮮前來購買，大都都會送去市場交貨販售。這之後，通常在枯水期，魚池會把池水抽乾，並抽往田地作灌溉用水，池底但見成群的魚兒萬頭鑽動，相當壯觀，相當熱鬧。池底另外還會發現有土虱、田螺、和一些小蝦、小蟹。這是一次的總收成，事實上，這也讓魚池作了曝曬和清理，也給了下一次的養殖作了準備。

　　一個堀子、兩個堀子、三個堀子。村子裡裡外外擁有不少大小不一的池塘，這些坐落在舊屋舊門舊院子前的水

塘，過去是田地的灌溉取水，後來都成為住家家居生活以及日常洗滌使用，家家戶戶都是如此。這些池塘毗連一起，帶來片水光和豐沛的水氣，不論晴雨寒夏晨昏，有了一些不同的水鳥前來流連。池塘的岸堤上，長滿了綠草，更帶來一片蛙鳴蟲叫，沿岸同時出現不少匍匐性的常綠小灌木，那是土地公種的樹，也有池塘的主人，分別種了椰子樹，歷經一些時日，有了高大和挺拔，前前後後，也讓這裡的一片水域，呈現更特有的農村風貌。

這些大同小異的池塘，我大致都曾到過，一個一個，我約略記得它們的總數。我不曉得為何要記下這些數字，或許是年少的好奇吧。這之後，並未見到有新開挖的池塘，倒是有些池塘陸續填平不見了。

池塘的一角，有人填土造陸，搭起了竹寮，不久，引進了大批的仔鴨，這裡成了鴨寮，池塘便成了養鴨池。養鴨人家在鴨舍間餵食，也會把成群的鴨子趕入水中，讓牠們在池中游動；種稻的時節，也會趕著鴨群在一畦一畦的水稻間覓食。當時，我們常會趕著大清早，提著水桶，在田埂邊，在溝渠間抓蚯蚓，這些蚯蚓都會賣給養鴨人家，換得一些錢，除了作家用，也留一些在口袋裡作零錢。這些鴨寮曾有過一些盛況，但是，後來大概養鴨業經營型態

有了變遷，都陸續關閉。

　　村中聯外道路的兩旁，原是池塘密布的地方，但是隨著家族的演變，隨著兄弟們分家，有人在這裡填土蓋了住屋，陸續有人跟進，很多池塘因此填沒不見都成了住家。這些住屋都仍是典型的農舍，養雞養鴨養豬，也有人養牛；房子的週邊種了一些樹，有的還圍起了綠籬。

　　有一家新開的柑仔店，也在此填土蓋屋開設，很得村人的喜愛。很多村人都在此進出，購買一些簡單的日用品，夏日裡，這裡還供應有冰飲，料多實在，堪稱「俗又大碗」，帶來不少的人氣，日子一久，這裡已成了村人聊天聚集的新處所。

　　堂叔一家的池塘，位在田野間，池面不小，是我年少時常常停留的地方。池塘的岸上長滿了綠草，隔一陣子，我便會在那裡割草，或者把牛帶來，也讓牛吃草，也讓牛泡進水裡。岸上種了幾棵木麻黃，長的高大婆娑，相當蔭涼，很多的午後，我坐著靠在樹上納涼，或者席地而睡，睡它一個懶懶的午後。牛吃飽了，泡在水裡也泡足了，顯得快活。牛高興，我也樂的高興。

　　投入軍旅之後，每次返回故居，我會在附近的田野走動，並且刻意的來到池塘邊，靜靜的看水流波動，也曾有過幾次，跳進池子游他幾回，心底別有一番感受。多少年來，這池子一直保留著，我以為它會這樣子永遠保留著，不意幾年前，鎮上蓋了一家醫院，有了土方，堂叔一時心起，花了錢把土方引了過來，一個大大的池塘，便因此填平了。

　　這一個池塘已完全失去它的面貌和身影。現在它是一塊田地，種芝麻、種玉米、種紅甘蔗、種地瓜，種花生；種很多很多各類的農作。木麻黃砍掉了，現在是成排的芒果樹。

　　這過去的池子這些過往的痕跡，就在我們種植田地的旁邊。現在，我們常常會回到這裡，某些時候，我會坐在田埂上，在一些簡單的記憶中，我會突然驚覺時光的離去。池塘不見了，我也變老了，好像都同在一個時間。

　　我給池塘寫下一些文字。我寫記得的，我寫的很樸實，但願還看得見當年的水塘；那村子裡屬於堀子頭的一番動靜。

· 池塘

雨水注滿的池塘
好像記得很多的事
這裡有天光和雲影；也有
晨霧和夕照
這裡有飛鳥盤旋有魚狗穿刺
這裡有蛙鳴有蟲子悄聲的說
蜻蜓點過水；漣漪散開了
水草搖曳；魚兒吐氣和鑽動
看著水氣蒸騰
看過老農佝僂的背影
一池子水。留有三合院和紅瓦厝的
倒影

日曬雨淋以及風吹和浸泡
池塘畔；幾顆碩大的
石頭。安安穩穩；坐著
婦人們提著籃子在這裡洗衣
在這裡搗去灰垢和渣滓
還有左鄰右舍

一些瑣碎和點滴
天氣熱了。一頭水牛泡在水裡
天氣熱了。幾個孩子站在對岸
東張西望
旁邊還有一棵高大婆娑的
黃槿樹

雨季裡的
枯水期的
池塘分別說了一些什麼
水高水淺；還有一些沒說的
還有鄉野的一些氣味
還有田野的一些氣味
很稀微
很稀微
野地一陣無力的風
好像也在找尋岸邊飄落的一片
落葉

土堤

　　村子外，通向田野，有一道高高的土堤。進出口的前端，築有一階一階的石階，是村人克難興築的便道。所謂石階，不過是一顆顆石頭，沿著斜坡由下而上堆疊砌成，很簡陋，卻也實用。此地沒有山谷、溪流，石頭較少見，應該是從外地運回。牛車運回。

　　很多村人扛著鋤頭，帶著農具步上階梯，沿著土堤走到農地種植。這個偏遠寂寥的小村，村人不過耕作幾分薄田養家活口。他們打著赤腳，默默的走去，又默默的回來。很艱苦，也很勤儉，他們自有自己的生活步調，也習於這樣的方式過自己的日子。

　　童年的日子，孩子們會相偕來到這裡，沿著土堤追跑呼喊，聲音傳遍原野。更大一些，我便愛獨自一個人來到土堤上，看著遠近一片綠色的原野不斷渲染，好像浮了起來，又好像在飛翔。孩子們都不懂，我莫名的守著這個秘密。

　　有時候，我會在黃昏時分，漫不經心的走到更遠的地方，在空無一人的土堤上，讓夜色包圍。也看遠處漆黑的村落，也看滿天的星斗，也聽那忽遠忽近，一地的蟲鳴。這一個若懂非懂的年齡，偶而也會天馬行空的想想未來，想想一些看不清楚的夢，喃喃的說些什麼，很像囈語。我踱步回來，家家戶戶都已熄燈入睡。

　　跟隨著季節跟隨著天氣，我的文字留有這裡的土氣和記憶。這裡四季輪種變換不同的作物，也流動著不同的光影和風息。我曾為這裡的原野，寫下一些文字，也寫長高的甘蔗，也寫稻作和地瓜田，還有蔥和蒜以及更早期的黃麻和棉花田。

　　這之後，我十八歲，走的更遠更遠，我去了北地復興崗，做一個熱血的革命青年。我一腳踩進了軍中第一道階梯，一腳一腳的踩了上去，第一階、第二階、第三階，橫在眼前，還有更多更多的階梯。我仔細一看，才發覺這是一堵很高很高，難以翻越的，鐵打的牆。

　　我回來的時候，轉眼四十六歲。一幢三合院紅瓦厝老屋已經陳舊，空了下來，幾個兄弟有家他遷在各個城市，

我也在高雄定居。村外長長的土堤剷平不見了，石頭砌築的石階不見了。小村子新蓋了一幢堂皇的大廟吉安宮，聽說是村中在外事業有成的人捐出鉅款作了敬獻，大家有心，家家戶戶又作了募款，大家共同興築完成。

捐獻大額建廟基金的人，是我童年的友伴，建濠源營造陳邦彥兄弟。大廟仍然供奉三王爺和盼姑婆。盼姑婆封了神，現在是吳府千歲。

我是吳府千歲的契子，我走上前去向祂說說話。我很篤定，我還是平凡的鄉下人，祂會認得我。

水圳和渠道

　　此地台南地區農地的灌溉用水，來自於烏山頭水庫。沿著嘉南大圳各條水圳，分支分流，帶來豐沛的水量，引進橫佈在田間的分支和渠道。

　　通水的日子，水圳的水閘門開了，田間的渠道，有水流動。滿盈的田水，田地醒了，農人也開始了一年的忙碌。一期稻作下來，從整地插秧，從抄草到施肥，歷經成長，迄至成熟收割前，每隔一段時日，都需要有足量的灌溉用水。一條水圳開啟了春耕、夏耘、秋收、冬藏的老節奏，帶來農人滿滿的期待和希望。

　　當年水源不足，有一些土地喝不到水，雖然作了區段引灌的區分，但在一定的時間內，往往無法把偌大的一塊田地灌滿，也讓田地處於半飢渴的狀況，搶水的現象也因此層出不窮，甚至暴力相向。上游的田地，只要用土石堵住渠道，中、下游便無水可用，因此，經常會有人在渠道的水流作手腳，搬來土石堵住水源，以搶先機，但是，還會有人技高一籌，偷偷又將土石拔除，為的還是要搶到用

水。也因此，既要灌溉，便必需把水看好，農人叫做「顧水」，經常三更半夜，要守住田地，守好水源。我有一位同學，家住雲林斗南，年少時一個人在夜間顧水，有一段辛酸的記憶，至今仍難以釋懷。這位同學說，他家的田地在中游，父母親因夜間尚有輪班，他獨自一個人摸黑前來堵水灌溉，水堵了，下游田地的大人立即前來興師問罪，看他不過是個孩子，便一手按住他的頭，壓在渠道裡吃水。那副盛氣凌人的態度，很令人難忘。

早年田地間的渠道，僅僅是蜿蜒在地上的一條土溝，還不是水泥砌築的水道。

稻作期裡，天氣轉寒的時節，田埂邊、渠道上，每每在清晨，會爬滿許許多多的蚯蚓。村裡的婦人和孩子們都會早早的起來，提著桶子，頂著寒風，來到土溝渠道上，但見腳底下佈滿的，都是一隻隻肥滋滋的，一隻隻蠕動的蚯蚓，大家手忙腳亂，開心的忙著抓取，一條條裝滿了水桶，提在手上，轉而賣給附近鴨寮的養鴨人家，換回一點零用金貼補家用，還能留下一點作私房錢。

　　童年的許多日子，我會提著竹籃子，在渠道上、土堤邊割草，或牽著水牛，一路沿著水圳旁高高的土堤一路吃草。快到黃昏了，黃昏之前，便轉身回頭走回西邊的路，走走停停，一路看著一輪碩大的、火紅的夕陽，在西邊滑落。那情景，那火紅的夕陽，從來是我生命中抹不去的記憶。

　　圳道的兩旁有高高的土堤，人們也用它作為通行的走道。那一年，剛上初中，我們騎著單車到八公里外的鎮上上學，為了抄捷徑，我們都以圳道通行。由於圳道路面較小，僅能容下一個人身，遇到對向來車，兩人都必須下車挪讓。有這麼一天，我們遇到對向來了一個蠻橫的粗壯的男人，剛遇上，便直吼著要我們退讓，只見話聲剛落，前頭一位同學的腳踏車，已經被他一手抓起，拋進水圳之中。這件事，很讓人憤憤不平很讓人受傷，我們這位受辱的同學，後來在陸戰隊服役，他是跆拳隊黑帶的高手，但是，他從來不欺負人。

　　欺負這位同學的大人，其實就是我們這位同學，同村子裡的人。

多年以後，我曾在路上遇見這位同學，同學還記得這件事。同學是練武的人，同學已經不是當年的那位同學，一個練武的人，用寬容用慈悲得所有。

　　他情願輸。過去讓它過去；該輸，就讓它輸。

　　嘉南大圳的流水依然，只是當年圳頭泡澡和孩子們戲水的情景，滿滿人潮歡喜的情景，不見了。高高的土堤不見了，現在改用水泥砌築，圳道也加寬了，兩旁地面的生態和景觀也是全然改觀，有了變化。

　　現在是枯水期。我站在圳頭上，看著管控水流進出的大閘門。我知道，水圳供水期間，大大的水閘門一開，便見到有滾滾的水流傾瀉而下，陣陣的水花激盪跳動。

　　大圳的流水，轉到圳道，轉進渠道，蜿蜒的，緩緩的，流走了。

挖掘；更有熟悉的泥香

　　田地雜草叢中，幾處不明的坑洞，看不出深淺，只見洞口邊還有新土扒出堆高的小土塚，我們覺得頗不尋常。我們都認為有不明的棲息，在洞內不明的進行，或許有毒或許有害，便決定開挖鏟除。

　　有人說煙燻，有人說水灌。但見坑坑洞洞，遍布面積不小，滿地雜草，不易下手。我們只好採用農人常用的老方法，挖掘。挖掘，較費事。但是，挖掘，可以一覽無遺，一探究竟，直接可以見到洞底種種活動的情景。

　　這一畝傳自父親的土地，我們假日在這裡整地割草，辛苦種植十年，田間事務約略有一些了解，種果樹種蔬菜，大致呈現一片豐茂的景象。我們不明白，為什麼同樣的一塊土地，同樣實實在在挖掘開墾，當中還會有幾個角落幾個地方，任春風春雨開落，依然雜草蔓生，有如荒地。任令一些不明的動物蟲害棲息盤據，一個一個不明的黑洞，黑影幢幢，日以繼夜，在此挖掘啃嚙，在此鑽進鑽出。

牠們隨之所興，在此住居，在此追逐，在此競技、覓食，在此嬉遊，莫非土地收留了牠們，莫非這裡就是牠們盤據的安樂土。

　　牠們究竟是何方神聖？我很難判斷，我意識到我會有新奇的發現。

　　智者亞古珥說：

　　「螞蟻是無力之類，卻在夏天預備糧食，沙潘（蟲類）是軟弱之類，卻在磐石中造房。」

　　螞蟻的窩造在枝頭或地面。我們猜想，這些有能力在此挖洞築巢，又能四通八達建造暗渠的，要不是鼠輩，就是蛇。有人說，蛇不會挖洞，僅揀現成的，我們擔心的是，蛇來揀老鼠現成的洞，這裡便少不了有蛇的蹤跡。

　　開挖之前，為防萬一，我先在草叢間打草驚蛇，我也作了一點簡單防護，長衣長褲，手戴手套，腳穿高筒雨鞋。內人也在鄰近修剪枝葉，以備緊急呼應。

　　清除草地，挖開地面，才知道暗藏的通道無數，坑洞多多，遠比我所預期的更多更密，簡直是傑作。通道都在淺層，匍匐在地下，土層鬆軟，薄薄一層，輕腳一踩，便見底層，倒是坑洞，黑黝黝的，尚難一探大小究竟。時節已進入冬寒，蕭瑟異常。這一天，風很大，田裡的作物沙沙作響。夾著風聲，風吹草動，或者也有蛇聲，嘶嘶作響，我很擔心，嘎然一聲，鑽出洞口的是一尾長蛇。

　　從上午八點多，一直到下午五點半天黑收工，忙了大半天，並無所獲。我們不無揣測，牠們或許受到了驚動，已從後洞傾巢而出？這當中雖曾見到一隻錢鼠在草地上流竄，但是，我們相信，即使是錢鼠，以這麼多這麼深的洞穴，絕對不會僅僅一隻。所謂錢鼠，是鼠類的一種，尖尖的嘴巴，叫聲銳利，身上發出怪腥臭味，很讓人難忍，我自小便不喜歡。

　　沒有更新的發現。至此，我們依然還是沒有獲得準確的答案。

我挖的還不夠深，還未能見底。但是，我應該有足夠挖掘的功夫，所以不會終止不會停下來。我知道，我有能力也有信心，我會完成它。我們要繼續挖掘，留著下一次回到田裡再挖掘，不僅要一探究竟，也要清除這些坑坑疤疤，剷除這一地的凌亂。

　　這份執著，有一份熱力塞在胸口，有一份力道揚了上來。好像來自土地渾厚的力量。我猛然發覺，這一份繫念這一份不能平息的，應也是來自於土地的疼惜。

　　挖掘、挖掘；更有熟悉的泥香。一畦一畦整理，然後種植。

暗藏地底的

夏日大雨過後，積水退去，田間乍然長出遍地的野草。幾經太陽曝曬苦熬，蚊蠅孳生，田間有生霉腥臊的味道。這田地顯然受了一點傷損，趁著土地尚還鬆軟，我們合力揮鋤整理，撥開草叢，無意間發現有拳頭大的洞口，隱身在草叢間，旁邊扒出的新土，呈顆粒狀，都堆聚在洞口。我們持續進行整理，幾日裡，又陸續發現有新的洞口，同樣有新土堆聚在洞旁。

秋天過了，進入冬季。這洞口鄰近的地面，陸續又出現幾個洞口，扒出的新土，堆得更高更大，形成一個一個小土塚。它們似乎接連相通，一個洞口接著一個洞口，仔細一看，才知道漫佈的情形已經嚴重。

那低潮黝黑的洞口，那盤佈在地底下的通道，到底會是什樣的怪物，會在此開挖暗藏？單隻或者多數？一種或多種？我們不明白。不過，我們倒相信，這些不明的怪物，一定有相當開挖的本領，它們日以繼夜，挖了洞穴，愈挖愈大，又構築通道，形成安全的防護網；它們可以藉著通道，一個通道接連一個通道，四通八達，不受驚擾，安全的走動。

憑經驗，我們相信這絕對不是蟻穴，此地也不曾見過有野兔出沒，應該也不是兔子窩。我們研判，要不是老鼠洞，就是蛇窩。老鼠尚還好應付處理，要是一堆蠕蠕而動的蛇窩，有一天突然探出頭來吐信，就足以懾人心魂，讓人擔驚受怕。

田地有不少的老鼠，通常以田間作物賴以為生，老鼠也會侵入木屋盜食食物，包括餵養流浪狗的狗糧。

田間也有蛇的蹤影，我曾在雨後，親眼見到一尾長蛇涉水而過，長長土灰色的蛇身，土灰色的斑紋，是臭青母；隔壁田地的夫妻，在鎮上開設工廠，他們閒時來巡田，也曾在兩田交界的田埂上，看見一尾金黃的長蛇，碩大粗長，他們雖說狀似友善，只要不去招惹，應該不會無端的攻擊噬人，我姑且聽聽，不敢掉以輕心。

我們擔心這些坑坑疤疤，我們擔心暗藏在地底的，有了不明的進行，或者就是這畝土地的縮影。無疑的，將讓我們在種田之中，陷入不明的險境。不容遲疑，這該是動手清理整治的時候了。

大坑洞小坑洞

挖開大洞挖開小洞，清掉薄層密道，我帶著一點衝動帶著一點警覺，一路挖掘，竟然挖出一條長長的溝渠。雖然不是深山野地，這裡有太多的虛虛實實，也有我不知道的枝枝節節，我還是得不到我想獲得的答案。

我們原先害怕的是蛇洞，兩周來兩次陸續的大挖掘，研判是鼠窩。我們不相信，還會有什麼外物來此作盤據，我們寧願相信，應是鼠窩。但是，一路挖來，還是一無所獲。

難道，這是白忙一場，一場空？

我們是認真的，因為太執著太認真、我們相信，一定會暗藏什麼。我們曾經想像牠們窩居的情景；一定會有什麼，只是，我們尚未發現。

挖掘的動作掌握在我手裡，可以深可以淺，可以局部可以小部可以大面積。或許形成壓迫，讓牠們撲身而來頑

強抵抗，讓牠們驚慌失措奔走逃竄。在這裡，也可以徹底掃除，讓牠們退無可退，無容身之地。

我心情突然凝重了起來。我發覺無論如何興致勃勃又小心翼翼的挖掘，或者揮汗如雨辛苦實在的挖掘，始終並無法一窺暗棲小生命們一點點蜘絲馬跡。畢竟我用的是手工，不是器械操作。我好像也為自己找了託辭。

鄰人的田地，耕耘機輾過，已種植玉米。還未長高的玉米田，在風中摩娑，在風中輕歌，一片細嫩青翠。我舉著鋤頭奮力挖掘，冬季的東北風，直直吹來，讓人略感寒意，我舉頭望向玉米田，成排成排的玉米都在搖擺，彎著腰自在的搖擺。我繼續挖掘，不覺之間，暮靄沉沉，風聲嗚咽，回頭看過去，玉米田上，幾隻流浪狗在奔跑，那景象，竟是如此淒美。

大概就這樣，該是放手的時候了。我突然記不起挖掘的本意和心情。這些暗藏的小生命，上天給了牠們一個生命一個世界，牠們在暗中，隱身在陰暗的角落，這裡就是牠們隱身住居的處所，也是牠們的天地。猶如人類，我們

有蒼穹和大地，我們在明處，有屬於我們自己的世界。心遠了，心遠地自偏。

收起鋤頭，我停下今日長時間的挖掘。

這些大坑小坑，這些坑坑疤疤，這些我挖出的長長的溝渠，等著陽光曝曬後，我將陸續回填。是理解，是諒解，是包容，也是接納，一切平安無事。我會在挖過的土地上種植。

盛夏的牛車水

在新加坡大學開往牛車水公車的路途上，我看見一對剛上車的夫婦，與車上一位老先生打招呼：「你好！」，略拉長低緩的聲調，平順親切。他們又陸續交談了幾句，都是閩南話。

我們在牛車水下車，他們三人也同時在此下車。我不知道他們的住家是否在牛車水，或者來此訪友，或者來此辦事。

牛車水是新加坡的唐人街，這裡有中國人生活的縮影。滿街是中國式的店面建築，滿街懸掛的招牌雖也夾雜有英文，大抵都是漢字，店內的經營販售，甚多是中國人習慣的食物和用品。來往的人群中，聽見有華語，有閩南話，有客家話，也有英文，還有一些我聽不懂的。雖在唐人街，我倒仍可以感受到新加坡民族和文化的多元。

　　新加坡快速的翻轉和進步。二十年前來過新加坡到過牛車水，此地稍嫌老舊，顯然與其他地區繁榮盛況有別，而今望遠看去，但見附近萬丈高樓平地起，群樓並起，氣勢雄偉，一幢一幢大樓，在烈日照耀下，格外明亮。

　　沿著南橋路狹小的店面騎樓，一路走去，路途上有回教的詹美回教堂，有古印度教的馬里安曼興都廟，有佛教的寺廟佛牙寺，都是宗教古蹟建築。轉進麥式威路，我們來到了麥士威熟食中心，這裡是牛車水有名的平民美食中心，很受當地人和外來旅客喜歡。

- **盛夏的牛車水**

你好，新加坡牛車水
我們來到麥士威熟食中心
一家一家庶民攤位。海南雞飯肉骨茶魚片米粉
熱炒粥品涼飲以及剖開口的椰子
許多氣味許多口味以及沸騰的人氣
也懸浮也漫遊；不斷的
盤桓。長長的甬道熱力滿盈
這樣一份南洋風情
顯得許多

你好；我們是旅途勞頓的異國遊客
轉過大路口轉個大彎
我們在麥士威在熟食中心
看燒旺的爐火
看杯盤器皿看長長的人龍
都在說故事
不斷的說故事
故事裡的人；曾經離鄉背井
曾經打井水曾經趕牛車送水

長長的通道便是大廳
長長的大廳有話要說
你好嗎
你好。大廳的邊緣有神靈
兩座神明小祠。炯炯有神
如此夏季如此悶熱的中午
如此如此興旺發

新加坡大學博物館大面的牆

　　新加坡大學博物館，是一幢宏偉的建築，大面銅色的外牆上，鑄刻有兩首詩。一首中國古詩，「山中有畫，畫中有山」；寫山的美，畫的美，都是美。這當中有自然，有一股生動；氣韻生動。

這首詩英譯為：
First I saw the mountains in the painting
Then I saw the painting in the mountains

另一首，葉慈的詩：
O body swayed to music
O brightening glance
How can we know the dancer form the dance

卞之琳這樣譯：
隨著音樂搖曳的身體，啊，灼亮的眼神
我們怎能區分舞蹈和跳舞人

對於一座收存古老文物的博物館，在宏偉建築的外牆上，獨留這兩首詩，想必有它的道理。

美，不容易解釋。用詩來解讀，這些文字便有了起伏，隨著起伏便有不同的波動。美，很難說分明，但可以是一種情緒，可以陶醉，也可以是一種境界。

新加坡，又名獅子城，距離赤道只有一百三十七公里，天氣炎熱。一個熱帶雨林的島，一個面積五百八十三平方公里，附屬有人住無人住共四十二平方公里、五十幾小島的國。全島椰林婆娑，碧海環繞；高大寬敞的建築擘劃，花草綠的夾雜其間。這一個平靜美麗的島，美景天成，舒適怡人。這裡有他們的神話和夢想。

• 大面的牆

我看見，細小的字
願意細小
願意一點一點放大
把記憶延長把記憶加深
大面的牆壁上
山巒起伏小河穿過
有林木把影子拉長
一座大學的博物館
這裡封存多少光陰和人物

牆外一面大幅的畫布上
有舞者款步有舞者起舞
成群的浪花。一波一波
在新加坡的海灣
簇擁

新加坡本島到聖淘沙

新加坡地鐵深入地下三層，四面盤佈，四通八達。高樓地底層層疊疊的建築，各具力與美，各具擅場；高偉壯觀，一體成型，都是時尚的商場和購物中心。堂皇的空間，寬敞的通道，配備十全的電扶梯和步道輸送，南來北往上樓下樓，便於旅客上下進出，也能快速的紓解人潮。足夠的空調，尤其讓人覺得舒暢。地鐵站內，回家的人過往的人，人潮洶湧，多而不亂，車來車往，頻繁密集，快速、便捷。

新加坡有宏觀，有大手筆，從地鐵的規劃和建築，便可見一、二。

我們一早從旅店出門，搭乘地鐵，幾經轉站，再轉乘 Sentosa Express，我們來到了聖淘沙。

聖淘沙距本島，僅一水之隔，五分鐘的車程。聖淘沙的前身是個小漁村，也曾是二戰時期，英國的軍事要塞，後經新加坡重新規劃建設，是著名的遊樂地區，也是觀光之島。

聖淘沙有不少的玩樂點。包括有綿延兩公里白沙海灘悠閒之旅，包括有雨林覆蓋區和昔日軍事要塞的探索之旅，以及兩個大型高爾夫球場、多間獨立 SPA 別墅，以及多間度假酒店。

我們帶著小蘋果前來，此行，我們在此島上，只選擇造訪主題樂園——環球影城。

去年曾有日本京阪一遊，也曾造訪大阪的環球影城。此地的影城，雖似有大阪影城的特點，畢竟規劃內涵和特色不同，對於孩子，還是有它的吸引。

此地影城，占地有 20 公頃，是一個以荷里活電影及諸多動畫為題的主題樂園。當中也有以「變形金剛」作藍本的機動遊戲，也有幕幕驚險、神秘，古埃及古老現場重現。另外還包括有科幻城市、迷失世界、遙遠王國、荒失大奇兵、紐約特效片場即場感受，共計七大主題樂園。

園區更有兩個重要的主題，包括「未來水世界」、「侏儸紀公園」。我們因為還有其他行程，便只選擇了「未來水世界」。

　　這是一場場面盛大，聲效、動感十足，極有震撼力的水面表演活動，當中除有英雄救美以及戰勝邪惡的故事串連，並以水上搏鬥特技作表現，尤其在一個幅員不是太廣大的水域內，更有改裝的艦船和飛機登場，以及多個熊熊烈火和水柱沖天，其飛快勇猛，有如神乎其技。

　　1999 年，我曾隨訪問團到訪新加坡一次，當時只在本島活動，並未到過聖淘沙。此次來到聖淘沙，份外覺得美好。

　　美麗碧海環繞的島；聖淘沙，一個美麗、平靜的島。

我轉身回到鹽鄉

一條熟悉的道路，幾時不用，也會一時分心，轉錯岔道而失去方向。你不能拚命的趕路，你必須轉道，或者回頭找到一條要走的路。

長長的一條路，很多的地標，很多的景觀，很多的彎道和叉路，都會隨著時日推移，有了變動。多一份眼力，多一份細心，可以少走一些冤枉路，也可以減少很多的麻煩。

歲月也是一條長長短短的路。長長短短的歲月，前前後後，那是一個人的一生一世。很混沌，如煙如霧，每個人都只是個過客。

曾經，我們執意選擇一條要走的路，但是，有一天，你會覺得那是一條走不通的路。它已不具意義，你要當機立斷，放棄它。

　　十年、二十年、三十年前走過的路，都留在舊日的時光裡，都遠去都退走了，都不能讓你重新回頭再走它一遍。塵世茫茫，我們被日子凹凸不平推著前進，這舊時的路，漸行漸遠，都在風雨斜陽中都在茫茫的天涯裡，我們要找尋的一條來時路，它已不是同樣的一條路。

　　人生有很多的分水嶺，跨過這個山頭，又是另一個山頭。這些山頭忽焉在前忽焉在後，你會有更多的挑戰，也許會摔的粉身碎骨。

　　走來走去走過很多的路，放得下放不下很多的喜怒哀樂。有一天，我們步子會緩下來，還會停下來，我們會發現，那遠遠近近都被淹沒，四周已黯淡，四周的景物模糊了。

　　這世界很短促很無常。這世界老了。這世界的後面，還有一條要走的路。千折百迴一條要回去的路，在一個彎道和一個交叉的路口處，路上會有田野，有河道，還有遠遠近近的山頭。還有桑梓，還有故人，還有一些看你的人。

一條陌生的道路，也是一條退場的路。我轉身，我轉身回到家鄉。我種田，我在鹽鄉種田。對於種植，我全心學習，不怕重頭來，偶而，也有一點驚心和歡喜，我也學習做一個質樸勤奮的鹽鄉人。

　　帶著歡喜帶著厚道，才能容下不足。用一顆素樸的心，安定下來。歲月如此靜好。

一床暖暖的棉被

四哥在今年農曆正月初六上午，不敵腸癌的擴散，離開了人世。

四哥在家中四個兄弟間，排行老二，他大我十五歲，我是老么。我們家族堂兄弟共同排行，他排行老四，我則排行第十。

做為農家的子弟，二哥的青少年代，便也是田間勞動工作的一份子。他辛苦勞碌的情形，我未曾目睹，但是，我相信絕對加倍於我，至少，在我出世之後，家中環境已略有改善，家中的房子也建造了一幢起碼的三合院紅瓦厝。

他沒有留在家中繼續務農，服完兵役後，他選擇從商，便攜著四嫂以及剛出世不久的大女兒，遠離家鄉，在旗山租了半幢的土埆厝，在高雄旗山、美濃、杉林、內門地區販賣醬菜。沒有店面，一間臥室，既是住房，也是瓶瓶罐罐醬菜存貨出貨處；也沒有良好的載運工具，他僅能依賴一部武式的腳踏車，在蜿蜒的鄉間小路繞走載送，挨家挨

戶的推銷寄賣。這樣的一門生意，有別於擺地攤，鮮少能叫價喊價直接販售，必須等到一定時間，等到民家食用完後，才能收取帳款。一點蠅頭小利，他必須低聲下氣謙卑的求人，才能順利的收取帳款，有時會碰到一些人家原封不動的把醬菜退還，有時會遇到一些手頭欠佳的人，帳款一拖再拖，還有一些賴帳的人家，通常會以品質不佳作嫌棄，硬是不給錢，造成血本無歸。

這種分文都是心血和汗水的生意，說來有夠辛酸。對於一個拖家帶眷初闖社會的人，更是何等的不堪。讓人不解的是，他竟以驚人的毅力和耐力，維持了近五年的時間。

後來，遇到了以打造棉被為業的表哥，也在表哥的鼓勵下，一頭栽進了這項行業。表哥出身台南將軍苓仔寮，這個村莊擁有為數不少的棉被師傅，並打造了此項傳統工藝的名號，已有棉被師傅故鄉的美稱。他不怕起頭難，在一段日子的拜師學藝和潛心學習下，他已能出師入門並熟練了此項手藝的要領。他選擇南投草屯做為經營的起點，在此租下住屋和工作室，同時也舉家北遷在此安置。他們在此長住在此落居，南投草屯已成為他們的故鄉。

　　我中學年代的寒暑假，有幾次隨著母親來到南投草屯小住，我看著他如何把一團一團的棉絮打造成型，也看著他如何與四嫂兩人共同合作搭線佈線。我才知道，要把一團棉絮打造成一床舒適暖人的被子，必須如此的煞費周章，必須如此的慢工出細活，絕不是將就將就草率填充了事。

　　他強調穩紮穩打，價位實在。他一手打造的棉被，新品一定是新的棉絮，絕不做新舊混充，至於價位，他認為賺個代工錢便可足矣。也因此，他的棉被很快地擁有了口碑，很多的客戶同時幫他做介紹和宣傳，也讓他「賜福棉被店」的生意奠下良好的基礎。

　　他的個性溫和，也深知人情世故。他對於家族的堂兄弟以及出嫁的姊妹們更是友善，關切之情溢於言表。在當年棉被可以進出當鋪典當的有價之年，他便主動贈送了家族們的棉被，讓家族們家家有一個暖冬。

　　我初中一年級，我的第一支派克鋼筆，是他送我我的最棒的禮物。當時，他還是送醬菜的小販，我不知道一支派克筆，到底要多少醬菜多少的瓶瓶罐罐才能賺取。我中

學期間，每一次他回來省親，他一定會塞給我一點零用金。他鼓勵我讀書，他認為只有多讀書，才能增長智慧，才能擺脫貧困，他不時也會給我一張明信片，用字簡單，但有力，在家中，他是最強力支持我升學的人。

他給了妻小和孩子們溫暖的家。他對孩子們有憧憬有期待，在困頓的年代，他栽培孩子們，給了孩子最好的教育。孩子們都得到他的福報，每個孩子都有良好的歸宿。他給了他的家以及孩子們，都留有一床暖暖的棉被。

他有沒有失意過？我相信他有。但是，他從來沒有失業過。他刻苦勤奮，不好高騖遠，他安於平凡，他永遠是胼手胝足的為生活而工作，他從來都是為延續一個家庭的美好而付出而努力。一路上，他有四嫂賢慧的扶持，一路上，他擁有一個慈愛友恭的傳統家庭。他也是一個善良篤實的商人，一步一腳印，他的努力看得見。

我們是兄弟。此刻天人分離之際，我要說的是：

四嫂和姪子姪女們都說你走得很安詳。四嫂說，你已

成神。你成神，病痛已經遠去。你在孩子們心中的地位，永遠是神，孩子們會記得你說過的每句話，以及以前一切的一切。

我們幾位堂兄弟，老大、老二、老三、老五、老六，以及十一弟，都已先後作古，四哥以八十三歲享年，走完他的一生。他將在二十七日祭典後火化，晉奉安在林家祖塔。他將回到家鄉，回到祖先的身旁，回到幾位作古的堂兄弟身旁，回到昔日熟悉的村落和田野。

小鹽村；現在不曬鹽了

二姊出嫁的一年，我剛進小學。依照禮俗，我以「舅子」的身份，陪著二姊坐上禮車，過門到親家。台語稱，「作舅子」。

二姊嫁到七股的頂山村。從一個小村落，嫁到另一個小村落；也從一個小農家，嫁到了另一個小鹽村。

二姊夫家中擁有鹽田，並從事虱目魚魚塭養殖。也因此，二姊夫既要忙於晒鹽、挑鹽的工作，很多時間，特別在寒冬天裡，也要守在野地的塭寮，看守虱目魚。他忠實勤奮，刻苦耐勞，是一個極其踏實，相當典型的鹽工，也是一個養殖的漁民。

小學年代，我常會隨著母親步行，約莫一個鐘頭的路程，到達鹽村看望二姊一家人，上了中學，有了腳踏車較為方便，偶而，我會獨自一個人騎著車來到鹽村，看看二姊，也讓二姊看看。我習慣在通過廟口，轉進小巷，在窗口喊她，只要人在，她會立即回應，萬一不在家，我只要轉身折返，繞道走一小段路，便可以在村子附近的鹽田裡

221

見到他們。海風很強很強，每次每次，在炎炎的烈日下，我會見到二姊夫和二姊，兩人一前一後，正在鹽田上，揮著長扒來去的扒鹽，或者看見他們擺動身子，挑著鹽筐，沿著土堤越過馬路，來來回回，把一筐筐的粗鹽，堆的有如一座小山。這些種種這些模樣，讓我很覺得不捨。

他們用苦力和勞力，很賣力的，養兒育女，建造一個屬於他們的家。

二姊夫的話不多，他會用行動表現他的關切。很多時候，我們會收到二姊夫送來的虱目魚，有時候，也會收到他在鹽地淺灘和引水道上，捕撈的吳郭魚。那是野生,鹹水,軟骨的吳郭魚，相當美味，人見人愛。

軍旅一段時間，我難得有時間前往探望，只有思念吧，一晃卅年過去了。近十餘年來，我離開了軍旅，同時也和內人共同返鄉作假日農夫，返鄉的日子多了，我們幾乎每次都會繞道前去探望。歲月匆匆，我陡地發現，二姊老了，我也老了，我們都老了。

二姊已然在鹽村落地生根，雖然終生勞碌辛苦，但畢竟擁有一個溫馨美滿的家庭。二姊夫愛家、顧家，從來不曾有過麻煩的事情招惹，特別是外甥們個個都懂事，都孝順，他們幾乎每個禮拜，都會在假日，攜家帶眷，共同返家團聚。一幢古舊的三合院，一家人老少共歡，其樂融融。

　　二姊在去年往生了。

　　我們當初以為是重感冒，稍作診治，便會痊癒，未料，在台南住院檢查，竟是癌症末期。

　　在台南醫院的病床上，她伸手拉住我的手，我回頭又拉住她的手。她知道，我知道，我們是永遠的姊弟，我是她作「舅子」的小弟啊！

　　我們在七股頂山的小鹽村送她；強強的海風吹著，我們圍著成堆燒紅的紙錢送她。

　　鹽田荒廢了。小鹽村，現在不晒鹽了。

墓園的文字

林家墓塔建置在私人墓園區，是一處廢耕的鹽分地，距離林家起家舊宅不遠，屬於同質的生活圈。這是民國八十六年間，我們四房十個堂兄弟共同購建完成，供奉祖父母以下家族骨罈，早先散置在田間的墓塚，經過撿骨、火化，陸續晉塔奉祀。我們都有一個共同的心願，也讓先人不會落單，大家共同照應，共守一個家園，讓林家子子孫孫深得庇佑，瓜瓞綿延。

塔前一側，有我執筆寫下的紀念碑文，林氏家族子子孫孫，都會在清明當天，從四方各地返鄉祭拜。四海雲遊，先祖們記得今天回到居所，回來看望他們的子孫。

此地墓園區，毗鄰區公所公墓區，兩區連成一氣，更見遼闊，許多的墳頭；舊墳、新墳，一排排，一列列；還有幾個墓塔穿插矗立。園區裡有海邊的植物，有群聚的林投，以及各種大大小小的樹木，遍地的草葉恣意成長，草長高了，有的太高倒伏，相互糾葛，青翠枯黃交織，成為蔓草，放眼看去，高低起伏，荒涼之中，這些草草木木，尚仍保有一點田野自然的風貌。

這是往生者的家，每一個墳頭都有一個沉睡的靈，他們在此落籍，彼此成為共同的鄰居。

　　野風把整塊墓區灌得很滿。風走過，看過每一個墳頭，看過一塊塊的碑文。風在這裡盤旋許久許久。

　　這裡平日鮮少有人跡，只有在往生進葬，或者移靈晉塔，才會看出動靜，見有人影。倒是每年的清明，這裡會有一番盛況，許多掃墓、祭拜的人，都會同時出現，但見萬頭鑽動，滿滿的人氣；砍除亂枝，清去雜草，每家墳頭都作了清理，墳前燒著厚厚的紙錢，冒起的白煙，點燃一股濃濃焚燃的氣息；一天過去了，很快的，這裡又回復它的沉寂。

　　園區的前緣，有一條舊日留下廢棄的水道，水面寬闊，接壤不遠處鹽田的引水道，通向大海。水道雖已淤淺，仍有蓄水和淺灘，一些水生植物，四處叢生蔓佈，雖然已枯槁，但依舊有幾分野趣，也有幾分古拙的美。很多的水鳥在枯槁的枝梗間穿梭、跳動，我知道這水裡還有魚的蹤跡。這些水鳥都在對岸林木叢裡築巢，這裡是牠們的棲居地。在岸邊聽得見我所熟悉鳥聲鳴叫，斷斷續續，夜底或者還

有蛙鳴蟲叫，我的內心油然升起一種不知名的蒼然。

今年清明節，我們林家子子孫孫仍攜家帶眷返鄉祭拜，距八十六年墓塔完工啟用，轉眼二十年過去了，十一位堂兄弟，也在不經意的幾年時光，前前後後竟然走了七個，僅剩下四個，歲月無常，讓人不勝唏噓。值得告慰的是，幾位作古的遺後孫輩們，都奠定有事業的基礎，他們還是記得返鄉祭拜，這是林家美好的家風和傳承。

• 墓地起風

這一地的荒煙蔓草，這一地的高低起伏。譬如人生種種，一路顛簸，一路高低起伏。生死是無法安排無法討論的，一個人的一生，得意或者不得意，一路走到這裡，便是終點。冥冥中，好像還有一些未了的心願，一些謎團，一些故事。陰陽兩隔，我不曉得，這些沉睡的身軀，他們的靈，他們的魂，是否還過問人間事；是否還看守著什麼，或者還看重著什麼？

霎然間，墓地起風了。一陣陣突如其來的強風，吹起了墓地一個一個墳頭前剛剛不久燒過的紙灰。這裡有很多祖先的姓氏和子子孫孫許多名字。

這一些，風帶走了。我們聽得見風離去的聲息，但是，它不會留下文字。在一個不知名的角落，風還在巡守嗎？

甘蔗季節

　　時序進入冬季，凜冽的北風吹起，灰濛濛的一片，天際逐漸陰沉了下來。遍地長高長大的甘蔗，團團圍住，密密的交錯，包圍了木麻黃下一個小小的村落。一片綿延茂密的甘蔗田；一片青翠高過人頭的甘蔗田，把村子與外面的世界隔開了。小村子在自己擁有的天地裡，增添一份安祥與平靜。

　　村子裏全是低矮的、古舊的老屋，唯一通向外地的，只有木麻黃下，一條小小的馬路。這一條凹凸不平，蜿蜒的碎石路，兩旁矗立的木麻黃，始終艱苦而賣力的，守住一個又一個季節，它同時是村人走向農地耕作的通道。我常在這裡出入，有時也停下步子，仔細的看著村人赤著腳走向耕地，仔細的看著一張張黝黑的臉，看著他們奔波勞碌的情景。彷彿這條道路一旦消失，村子便會黯然的失去生命。

　　清早，在濛濛的霧氣裏，村人們趕著牛車荷著農具，一個個在木麻黃道出現，穿過田間小路，淹沒在一片甘蔗

林裡，他們到更遠的田地耕作，也開始一天的工作。黃昏，一個個陸續回來，又在村路口出現。一幅典型的農村生活景象，來來去去，消失了又出現，像鐘擺一樣，日子重複而又忙碌，這般拖磨又這般堅定，帶有幾分辛酸的餘味。我不知說什麼，它們太熟悉，也太真切了，在小村子裡，他們起早趕晚，安於這樣的生活方式，同樣的，也擁有共同的生活步調和聲息。

　　我回來了，每次，我從異鄉回來，這些夢中牽繫的記憶，像走馬燈一再重現，陡然令我心頭顫動。一股樸拙的風情，讓我感受村中的溫暖，也讓我擁有一份安逸和閒適。我靜靜的站在村路口，默默的，凝視落日餘暉下的村落，彷彿可以靜下來屏住氣息，悠悠的等待什麼，或者探尋什麼。我三番兩次走進甘蔗夾道的小路，走去，在頭頂上僅有的一線藍天下，在童年放牛回家的小路，在一條童伴呼叫的小路上，我踽踽獨行，一些似曾相識悠遠的聲音，洗去我離鄉的憂傷，一些風息又好似在很遠的地方翻騰，我側著耳傾聽，心思細緻而溫馨，在流逝的歲月裡，隱約有我日夜的惦念。

　　每株甘蔗都在守候，每株甘蔗都在認真的說話；每株甘蔗都給蔗農們一個不大不小的希望。秋天裏，秋風下逐漸枯乾的蔗葉，黃澄澄的葉脈，隨著一陣風，忽起忽落，忽高忽低，細細的傳來糖的味道，傳遞一個季節的訊息。秋天過去，是冬天了吧。像突然記起的一個記憶，北來呼嘯的風，掀動著整片甘蔗林沙沙的聲響，細細碎碎的，迴著音，由遠而近，由近而遠，好似在天空磨著，磨著一個粗糙模糊的印子。這一片天空，屬於甘蔗田偌大的一片天空，氤氳蔗香，這般的溫馨，這般的篤定。

　　這些屬於大自然的韻律，這些在流光中的點點滴滴，原來也有屬於我的，屬於甘蔗季節一個完整的甜美的記憶。

　　每年秋末到第二年的春初，整個冬季，是甘蔗採收的季節。從種植到採收，農人視它為義務，他們把一截一截的甘蔗，插作種入土裡，從一株新芽到茂密成林，培土、扒葉、施肥、巡看、整枝、給水，在一行一行高聳的壟道上，從夏天秋天到冬寒，經過季節的遞嬗，過了一年，又過了半年，長長一年半的時間，點點滴滴都是一番心血，也是對於糖廠一份責任的完成。大地孕育萬物，對於農人，種植是一種希望，耕作便有無盡的期待。這些生長甘蔗的

土地，如同大地造化萬物的心情一樣，它用它的養份滋養，讓它長高長大，讓它成為一株一株甜味的甘蔗，是一個答案也是一種完成。我常想，與其說大地賦予甘蔗的成長和生命，倒不如說，農人賦予大地的生命和希望。農人忍著日晒雨淋，忍著疲憊和痛苦，在焦急和等待中，把心血獻給了大地，他們不會吝惜的付出，生命因此茁壯。

我們用力咬著甘蔗長長的枝幹，甜甜的汁液流進嘴裡。這份來自大地來自甘蔗甜美的感受，真摯而自然。但是，村人們從來不會去領略這些，也不會去懷疑，對於種植甘蔗的人們，他們知命惜福，他們從來不會奢求一夕致富，他們只求風調雨順，讓甘蔗順利的長高長大，讓他們擁有一筆收入，讓他們能有一些開銷，那是神明的庇佑，也是大地對他們的一份眷顧。

種田的人，種田愈久，對土地愈有一份感情。他們辛勤耕作，他們知足常樂的模樣，一幕一幕來到眼前，我一次又一次的，好似聽到了他們不同的、混雜的交談。我的心情變得嚴肅而莊重，那股真摯、那股驕傲，那股徬徨交雜的心情，讓我不覺之間一片茫然。

　　民國四、五十年代，糖是極其重要的農產出口，同時也是蔗糖的黃金時代，也因此，屬於榨糖用的原料甘蔗，格外受到政府的保護。甘蔗採取統包統收，任何人不能私自藏有，或者隨意盜食。甘蔗收成期間，糖廠派出的保警，便在村路上，在田野間四處巡查，他們的專職工作，便是取締甘蔗的盜食。他們一雙鷹眼般銳利的眼睛，頗讓人生畏，據說，只要盜取被抓，便要接受盤問，一般是告誡教訓，有時甚至於罰款。事實上，他們並非真正的警察，但執行取締工作，一板一眼，絕不通融，罵起人來，連聲帶吼不留餘地，至今，我對於警察始終保有幾分敬畏，少年這份記憶，很可能來自糖廠保警，印象深刻。

　　甘蔗的採收，是村人共同期待的一件大事。完整的一筆價款，不多不少不大不小，更是村人收入的主要來源。儘管蔗量輕重，完全由糖廠自行過磅，價錢多寡，亦由糖廠片面決定，村人被摒除在外，完全不得而知，也因此，常常有人自我解嘲：「天下第一憨，種甘蔗給會社磅」。會社，就是糖廠。但是，由於甘蔗適於旱地施作，在磽薄的鹽分地帶，它既適合於種植，價位亦較穩定，價錢又可以整筆結算，因此，村人仍然樂此不疲，絕大部份的田地，都用來種甘蔗。尤其糖價一好，大家手頭可以較為寬裕，用起錢來較順手，還還債物、修修房屋、買買東西，甚至

孩子們的聘金、嫁妝，孩子們的註冊費，也較不用發愁，迎神廟會、過年也可以熱鬧一些。

甘蔗最怕颱風侵襲，偏偏每年夏季，正值甘蔗長高，轉眼就是收成，卻是颱風凶狠發威的時候。甘蔗經不起颱風的摧殘，颱風一過，斷的斷倒的倒，東倒西歪一片狼藉，不忍卒睹。一場颱風，一場浩劫，彷彿就是天譴。每次，風雨過後，村人便急著到田裏巡視，把田間的積水排放，能扶正的，馬上動手扶正，五株、八株綁成一束，一時之間，從田頭到田尾，成排的甘蔗一束束的豎立著。另外還有一種情形，最讓人洩氣，若是運氣不好，滿地撲倒，扶助無效，除了嘆氣之外，便只能聽天由命了。顯然的，這一年甘蔗的產量，便要大受影響，有些會因此折斷枯死，有些會因此彎曲而成長不良，有些會因此空心失重。我知道，村人的一顆心，也同時在淌血。

讓甘蔗節節升高順利的長高長大，成為一片連綿不盡的甘蔗林，讓一片甘蔗林默默的伴著小村子，默默的孕育，保住平安。那是童年的夢，極其潔淨單純，極其快樂的一份等待。我的夢中，常常洋溢著，屬於甘蔗的，沉沉的陣陣的芳香和甜美。

· 甘蔗採收的日子

每天注視甘蔗等待甘蔗的採收，村人同時會注意糖廠派出修護的板車，他們沿著鐵軌一路檢修，敲擊、碰觸、扳正、修護，換下蝕壞的枕木，來來回回一再的測試通行，也等於預告火車要通行，甘蔗採收的日子到了。

甘蔗有它一定的成長期，不能過度延誤。就像果子一樣，果子成熟了，便要摘取，否則，便會掉果、腐爛。一旦延誤過久，尾梢便會冒出成束的蔗花。經驗告訴農人，長過蔗花的甘蔗，重量會逐漸減輕，甚至枯死。這些乾癟癟的蔗花，硬綁綁的，連牛隻都難以下嚥。

田中只要有幾棵冒出蔗花，像瘟疫蔓延似的，不多時，整片蔗林頃刻間一片白茫茫，有如浪濤般在空中飛舞。這些長長一串，帶點咖啡色斑紋的穗子，在風中飄散，孩子們偶而會摘下，一束束的抓在手上嬉戲打鬧。蔗花翻白，甘蔗採收的日子更近了。

採收甘蔗的日期，由糖廠依序排定，糖廠會把紅色通知單，事前送到農戶家中，村人稱它為「交甘蔗」。另外，

糖廠也在附近幾個村莊，招募一些男女，臨時組成一支採收隊。清晨一早，便見有人帶隊來到甘蔗田，一個田地接著一個田地，循序開始採收。從清晨到黃昏，這一支活力四射的採收隊便在田裡忙碌了起來，但見前面有男人在前一字排開，每個人都帶著長把的鶴嘴鋤，連掘帶挖，奮力的把甘蔗成叢的連根掘起，女工們則緊隨在後，一手抓起甘蔗，一手拿起蔗刀砍去蔗尾，修除蔗根削去蔗葉，然後再將它砍成兩段或三段，隨後另由專人收拾整理，一捆一捆成捆的綁緊，暫時前前後後，一路堆放在田間，隔天再由牛車轉運送到車埕。這些男女工人，動作俐落，默契良好，採收工作，從來都是一氣呵成順利愉快。

　　事實上，這些採收的甘蔗，當天並無法立直接即運送到車埕，為了配合火車載送的時間，往往還要等著過一個晚上，才會有牛車前來搬運。也因此，忙碌一天的村人，工作並沒有結束，當天夜晚，他們還會露宿在田地上，為著就是看好這些甘蔗。他們就地取材，把成捆的甘蔗搬來，落成一個簡單的，ㄇ字型露天小窩，另外又撿來蔗葉鋪地，因陋就簡，作為臨時的棲身之所，一個晚上，他們摸黑在田間巡視，忍著寒風，忍著凍霜，小心翼翼的守護著，生怕有人前來盜搬偷取。漫漫長夜，寒風凜冽，露水沾濕了被褥，他們甘之如飴，從來不以為苦。

　　我也曾有過夜裡在田中守護甘蔗的經驗,有時是我家的田地,有時是村中他人的田地。當時大家習慣相互邀請鄰人、幼時友伴一起守夜,夜裡野外一片漆黑,大家摸黑共同扯淡共同守護,格外從容、安定,格外美好有味。

　　蔗田裏,還有滿地的甘蔗葉,幾日曝曬過後,村人還會前來收拾,捆紮,牛車駛來運回家中,將它堆放在屋旁的空地上。一個季節過後,村裡四處都有一個一個隆起的草堆,一個一個圓圓鼓鼓。村中婦女常會端著小板凳,坐在草堆旁,將它紮成一個個蔗草球;它們是竈房最好的燒火材料。

　　採收過後的田地,空空曠曠,像冬天卸去厚重的衣服,頓時一片清朗澄淨,大地又恢復它的原貌,一霎間,這裏又成了我們快樂的天地。我們呼朋引伴,越過一塊一塊的田畝,奔跑、呼叫,漫山遍野,愈跑愈遠,忙碌而滿足的,跑遍鄰近的幾個村落;你推我擠的,大家一起站在高高的土堤上,看著村外更遠更遼闊的世界。

　　好一個種田的村落,好一個甘蔗採收的季節。

• 糖廠的五分車

　　黑黑的，運送甘蔗的五分仔小火車，冒著濃濃的白煙，噗嗤，噗嗤地，每天早晚固定來回兩次，運走了滿載的甘蔗，又帶回空空的板車。每天每天，看著一列長長的火車，搖搖擺擺，遠遠的駛來又離去，竟然也成了一個美好的等待。少年的我們，有時也會一窩蜂的來到鐵道邊。我們在鐵道的澗橋上爬行，也試著跨開步子，小心的跨過步子，一個個偌大的洞孔，橋下是一條深深的水道，每跨過一步就是一陣顫慄，大家慌慌張張的，只為著測一測自己的膽量，也享受那一份緊張的樂趣。我們也沿著鐵軌玩起了走鐵道，一邊走一邊數，從一數到一百，又從一百數回頭，在秋日高遠的天空下，我們跑跑跳跳；我們聽著遠處喀拉喀拉，一路駛來的小火車，又看著一節一節滿載著甘蔗駛過離去，長長的一列火車，一路冒煙，一路鳴叫，像蜈蚣般的向前爬行。

　　小火車會在車尾加掛半節小車廂，供人搭乘使用，不用購票，便可直接搭乘上車。這也是糖廠送給村人最貼心的一項服務，也讓這些生性木訥，終年勞苦，捨不得坐車花錢的村人，能有機會去到鎮上繁華的街頭。老一輩的村

人，他們所謂進城，不外乎是到鎮上走過一回。有些村人，出門都是步行，終其一生勞勞碌碌，僅在田地間，或者在幾個鄰近的村莊走動，至於進城到小鎮，那是遙遠不可及的一件大事。至於年青人以及孩子們，巴不得一有機會就往鎮上跑，彷彿這也是值得炫耀的大事。許多人都知道，糖廠的外圍有一條大排水溝，大量的排水，都是糖廠的放流水，溫溫熱熱，飄著一團雪白的蒸氣，還帶著一股濃濃的芳醇的糖味道，在寒冬冷天的季節裡，大家赤裸著身軀，爭相泡進水裡，是浸泡，也是洗澡，大家如癡如醉，久久捨不得上岸留在身上一身的糖味道，久久不會散去。多少年以後，我方才瞭解，原來糖廠的排放水，還是污染附近將軍溪的黑手之一。

　　糖廠到底有多大，我們從來不曾進去過，所以不清楚。糖廠到底如何製糖、產糖，我們沒有機會參觀，同樣不清楚。通常在洗澡過後，大家會到鎮上閒逛一番，購買一些簡單、便宜的物品，或者吃點零嘴，解解嘴饞。事實上，大家來到小鎮，充其量只不過是新鮮好玩，每人身上僅有的一點零用錢，也不容許有太多的消費。也因此大部份的時間都在閒逛，這邊瞧瞧，那邊看看，直到黃昏，小火車

帶著空蕩蕩的台車要發車了，才意猶未盡的趕著坐上車回來。一群年輕的小伙子們回來了，帶著一股旋風，帶回來許多新鮮的話題，帶回來許多新的記憶，每一個被歡樂塞得滿滿的心靈，身上彷彿也浴滿了異樣的光彩。

有時，我不禁懷疑，村人的歡樂為什麼如此簡單，沒有太大的企圖，沒有太多的願望，而又那那麼容易實現，那麼容易滿足。在貧苦封閉的小村裡，他們經常入不敷出，只能靠借貸過日，好不容易還了一些，接下來的日子，又必需靠新的借貸過日，週而復始，日子永遠在借債與還債的夾縫中渡過，也始終讓他們喘不過氣來。也因此，平日一趟遠門，對於他們是如此的困難；也因此，一趟遠門，可以讓他們久久難忘，不時回味。

• 父親的紅甘蔗

父親原希望我耕田放牛過一生。這是村人共有的宿命，像村中許多孩子一樣，做一個老實的莊稼漢，做一個種甘蔗的農夫。但是，我心中有太多的編織，有太多綺麗的夢，我一心一意想擺脫這些惱人的農事，我盼望我等待，我異想天開的認為，只要能讀書，只要能學點技藝，有朝一日，一定能走出這個家門。我堅定的抉擇，說服了父親以及家人，之後，果真通過了初中聯考，道道地地來到糖廠的小鎮，來到佳里鎮。風雨無阻的，每天騎著單車，每天看著小鎮蕭壟糖廠高聳的煙囪，來來回回，進進出出，做一個通學的學生。

這是我一生重大的轉捩點，也是一個奇妙的際遇，夢與現實那麼真實的重疊在一起，呈現在一起，讓我更清楚的感受到生命的一種張力，那麼深，那麼遠。

多少年了，在離開小鎮更遠的地方，我回來了，彷彿經歷了許多，彷彿也有許多變異。小村更寂寞了，人口已經大量流失，種甘蔗的人減少了。許是國際市場的惡性競

爭，或者是國內產業政策的變動，糖價已大幅滑落，蔗糖已失去昔日的風光，小村減少許多種植甘蔗的面積，糖廠的小火車已經停開，車埕廢棄了，鐵軌挖除不見了，代之而起的，是一部部拼裝的台車，在馬路上來回奔馳。它們一車一車的裝載，直接將甘蔗從田地載送到糖廠。

我回來了，從更遠的軍校畢業回來。木麻黃的路面，雖然已經改鋪了簡易的柏油路面，父親還是種甘蔗的農夫。不同的是，田裡種植的甘蔗，已不盡然是交給糖廠榨糖用的白甘蔗。父親也趕流行，種植一些普通食用的紅甘蔗，整批轉包給中盤商，轉手在各地，供給小販販賣，很受歡迎。

父親一輩子種田，不過六十歲，但歷盡人世滄桑，已顯得老邁。他捲起褲管，滿身汗泥，戴在頭上的一頂斗笠，有兩、三片脫線的葉片，在風中拍打。他神情莫名的激動，笑呵呵連連說著，紅甘蔗價錢好一些，現在很多人改種，每年的收入，很可觀，好了很多。

　　我還沒有進入屋子，就在牆角邊看見父親。院子裏傳來狗叫聲，也有雞啼的聲音。我站在牆邊下，只看見父親兩手不為什麼揮舞著，嘴裡不停的催促著：

　　「你先把皮包放下，我帶你去看看蔗田裡的紅甘蔗，又高又大，又粗又壯，沒有一年長這麼好的。我算好這些天你會回來，所以，一直沒有賣掉它。聽說你當官了，我要讓你看一看，我們自己種的紅甘蔗。不知道為什麼，今年雖然又有颱風又有雨水，還是長得特別好。」

　　我心底不禁一陣唏噓，是感動，是心酸，也有一些茫然，眼睛不敢直視著。我不假思索的，穿著一身畢挺的軍服，一前一後跟在父親的後頭，沿著田埂走到紅甘蔗田。

　　那廣袤不盡的土地，四周縱橫交錯的田埂，仍然是一片熟悉的田野。四年，四年了，仍然是四年前的天空，掠過的風聲依然狂野。放眼望去，整片紅甘蔗田浴在陽光下，英挺挺的，長的又高又大。在一行一行的壠道上，三、兩棵併列，三、五株一簇，一棵緊挨著一棵，挺著修長的枝幹，錯落有致的往上抽長；每一棵每一棵，似乎都受到良

好的呵護，枯黃的葉子，扒得乾乾淨淨，光光滑滑，環狀的斑節清楚可見，愈發顯得油滑顯得水亮。它如此的硬挺結實，英雄般的顯出它的豪邁與氣魄。經驗告訴我，這是上品的甘蔗，沒有蟲害，甜份夠，可以賣得好價錢。

我長高長大了嗎？在自己的故鄉，站在父親的前面，站在家中的甘蔗田裡，我拿什麼來證明自己的成長和茁壯？究竟像不像這一片英挺的甘蔗林，帶著歡喜，帶著豪氣，高高大大英雄般的挺立。

我問著自己，身旁一地的甘蔗，頻頻傳來枝葉摩挲的窸窣聲，順著風，好像每株紅甘蔗都俯下身子問我。我很知足，我告訴自己，有一天，我會的，一定會。

因為，我看見風雨和陽光，因為，在這裡，我看到了自己；我看到自己的，信心和勇氣。

牽牛花

土堤上，一路攀爬纏繞，佈滿綠色的牽牛花。春雨過後，一朵一朵淡色的花朵，伸著一支小喇叭，逐漸露出了笑臉。它們迎著陽光，在風中搖曳，顯得清淨而脫俗。我路過，對於像我這樣一個安於沉靜且耽於沉思的人，牽牛花如此迅速的繁衍，它們縱情的不斷的開花，增加了一份嫵媚，愈發顯得清新動人，每次我的行路間，都擁有滿心的歡喜。有一分快意也有一分滿足，有時不免沉緬於忘我的境界。

做為海上漂泊的軍人，四處漂泊回來，渾身的慵懶也疲憊了。偶而路過小徑，沒想到牽牛花竟如此的讓人動容，如此的讓人牽掛。一個日子要結束了，幾許微風幾許輕塵，夾著牽牛花淡淡的花香，讓我重新回過頭，看著過去消逝的日子。不會後悔沒有遺憾。我只是這樣祈盼著，如何找到一個暫時停歇的港岸，也讓一顆靜下來的心，在開滿牽牛花的路途上，像完成一椿心願，把寂寞的身影找回。

在島上。在許許多多的鄉間，在許多的野地上，牽牛花靜靜的在地上匍匐，四面八方不斷的伸展，不斷的開花。我們會突然在某個角落，看見它的踪影，如此親切如此尋

常，我們可以輕易叫出的名字，原來那是陽光明媚的一天，那是童年遠足的路上，那一路伴著我們的，張著口探出頭來，忙著搖手打招呼的小精靈。

牽牛花是朝顏，朝顏的花。它在夏秋兩季開花，太陽初昇，它會一朵一朵盛放開花，夜晚便要凋謝。牽牛花是一株藤蔓，它不是一棵樹。它的蔓莖是以反時針向左旋轉，環繞支柱，它的花苞則順著時針方向，盤旋生長。

我們無法期待牽牛花挺直腰桿，像一棵樹在大地站立起來。它生來是一株藤蔓，永遠不能成為一棵樹，我們不能期待牽牛花有自己站起來的時候。它安於自己成長的土地，在風雨中，在烈日下，低低的匍匐，綿延不斷的四處伸展，也在找尋土地最初的原貌。

只有依附，只有攀爬，只有匍匐前行，用它柔弱的生命，用它的花朵，表現生命的昂揚。牽牛花這樣忠實的坦露在大地上，斷垣殘壁有它的伴隨，荒郊野塚有它的身影，在山之崖在河之畔，在土堤在小徑，都有它的踪跡。對於牽牛花，伸展；向四面八方伸展，是生命的一種使命，它不是一種姿態，更不是掠奪。只要有泥土的地方，就能盤根錯節，完成它自己生命的真義。

　　多年前，我還是一個年輕的陸戰隊步兵排長，在南方美麗的野地裡，我帶著弟兄常在那裡戰鬥演習。許多忙碌又緊張的日子，我們越過山巔走過田野，我們走過村莊走過溪流，一身戰鬥偽裝，每人全身上下插滿了藤蔓枝葉，像一棵活動的小樹，在野地不停的奔跑不停的變換位置。就在牽牛花爬滿的野地裡，我們連藤帶葉，隨手抓來大把大把的牽牛花作偽裝，一身的青綠綴上一些花朵，整個身子頓時飄逸了起來。朗朗晴日，我們俯身而行，輕風徐來，沉浸在牽牛花美麗的氣息裡，恍惚間，身子也成為牽牛花爬過的一片野地。那是青春正盛最美好的日子；一個身子，一片野地，那麼真切的感受土地一份沉穩的呼吸。

　　我們在開滿牽牛花的河堤邊構築工事，我們沿著牽牛花迤邐的草徑摸索行動，我們在爬滿牽牛花的野地上匍匐前進。黃昏之前，就在一條河堤的斜坡前，部隊停下了腳步在此紮營。河堤上、斜坡前，滿滿的牽牛花開的熱熱鬧鬧，那繾綣紋動的影子，倒映在升高漲滿的河水裡，一片清澈，載浮載沉，格外令人憐愛。這是颱風過後不久，牽牛花歷經一場風雨摧折，一片狼藉，不過幾天的光景，它竟然恢復了生機，一路迤邐，很快的又將河堤覆蓋成一片綠地。

如此美麗的一個黃昏，在黃昏之前最後的一抹斜陽下，牽牛花喜吱吱的抬起頭來向天空張望。弟兄們也是滿心的喜悅，臉上的笑容浮了出來，他們趁著任務的空檔，越過河堤，紛紛的泡進河裏，擦臉、洗身、清洗衣物，也洗去連日來身上的汗泥，洗去污垢和疲憊。我看得很清楚，做為小花小草的牽牛花，也許它平凡而微不足道，但是，它的確是認真的，它擁有無比堅忍的精神，它的生命強韌，只要有一線生機，就有一線希望。我的思緒倏忽走得很遠又即時收轉回來，牽牛花仍是那般的熟稔和親切，我仔細的打量著自己俯下的身影，在牽牛花一片綠意裡，心底還有一團青春的火燄。

　　多少個夜晚，在一片闃寂的野地裏，在弟兄們宿營的野地上，我摸黑走遍夜宿的營區查哨，也同時巡查每個營帳的動態。連日來輾轉奔波，弟兄們都累了，高低的鼾聲，在深深的夜底交相傳來。我明白自己在做什麼，我，一個陸戰隊排長，在一次師對抗演習，此刻正帶著弟兄們，投入前方的戰場。我配著槍，和衣躺在一個狹小的營帳內，黑暗中，來自遠近的山林，有風聲，有水聲，有蛙鳴有草蟲的叫聲，我的心裡一片透徹，恍惚中，我們越過一個又一個山頭，在無邊無際偌大的野地，依稀還在奔跑，還在前進，心裡還是那般激昂那般的壯麗。

　　多年以後，十年，我在艦隊我是陽字號驅逐艦軍官，從中尉到中校，我從艦隊來到陸戰隊，滿地的陽光等著我。

　　多年以後，我重又回到昔日野戰的戰場，重新回到當年埋鍋造飯的野地，只為著重溫當年的一份激情。我已離開了陸戰隊，此時，我已成為一個海上的軍人。大海上沒有牽牛花，大海上只有無邊無際的風浪，但是，它依然在腦中盤旋，像被喚醒了，我在海上航行的日子，突然眼睛一亮，蒼涼的海面，依稀便能見到它青翠誘人的身影，它沒有走遠，就在我的舷窗前，就在海上濺起的一片白沫中，隱隱約約的，一路綿延而去。想家，想陸地，我想念的牽牛花，像做夢一樣，不斷的會在夢中出現、離去。我重新回來走過，十年年過去了，儘管兩旁蓊鬱的路樹不見了，滿坑滿谷刺人的瓊麻不見了，狹長的產業道路，已經拓寬都鋪上了柏油，還有，還有當年一起翻山越嶺，頂著大太陽，走遍大地原野的弟兄，如今星散各地已是人事全非。

　　更多的日子，更多的多年之後，就在我離開軍旅之前，我再次回來。我看一座一座淡去的遠山，我看這裡流過的痕跡。

落山風依舊，河堤依舊，農莊村舍依舊，種植洋蔥的田地依舊，還有那野生野長的牽牛花，四處有它的踪跡。我記掛這一些，很多時候，我忘記了這一些，如今，浮浮沉沉悵然若失，呈現在眼前的，變淡，變遠，模糊了。

　　十年以前，或者二十年以前，在歷經歲月洗禮在歷經社會淘煉，我累積我沉沉澱，我已初老。我再次回來，沿著屏鵝公路來到南方的屏東南方的車城，向左往東轉進一條上山的路，我來到二重溪陸戰隊的營區外，我已不是當年帶隊出操演習訓練的軍官。

　　我是退伍的軍人，我僅僅只是一位遠來的遊客。我再次回來，也許重溫的只是當年的一份記憶，無所謂擁有或者失去；也許參雜一些旅遊的心情以及變動的一些心緒，留下的又是一個不同的記憶。我相當明白，此次重新回來，我會把當年匆忙走過的山林，循著記憶中的村舍，沿著舊日河堤，重新走過一回，我將再一次的會晤，再一次仔細辨認它們的方位。留在這裏，留下那一份青澀那一份活力，留下當年一顆年輕的、溫熱的心。

　　多年來，牽牛花成了我心中一個美麗的象徵，冥冥中

給我一份等待，給我一股豐碩的力量。我愛的牽牛花，大概是因為它的平凡，大概是因為它的純樸，大概是因為它的堅韌。特別在我面臨生命的窘境，那素樸那柔弱的身影，愈發的深刻，愈發的清晰起來。

人生是一場長途的賽跑。我很清楚自己的處境，沒有加倍的努力沒有加倍的付出，我便毫無競爭的機會。我的個性拘謹嚴肅，雖然耐得住寂寞，但更多的時間，也有脆弱、迷惑的時候。我一向埋首於工作，認真的做，實在的做；逆來順受，委曲求全，日子過的刻板而艱辛。每天每天，彷如跟時間賽跑，好像不需要停下來休息似的，我幾乎摒除一切的娛樂，一分一秒都捨不得浪費。一個黯淡無光，一個沒有夢的日子，我虛度太多青春美好的時光，我不知道自己欠自己多少。只是，我不瞭解自己到底在等待什麼，我不知道是對還是錯。難道只是為著讓自己擁有一份光采和榮耀，難道只是不自量力的，為著一個不願服輸的性格？在追求功名利祿世俗的道路上，為什麼仍然如此的庸庸碌碌？沒有人告訴我要怎麼做，只有我自己告訴自己，放下吧。放下吧，我非常清楚自己，既然做不成一棵婆娑的大樹，那麼就安份的做一棵小草，給大地獻出一抹綠意。

不要懷疑我說起這些的因由，不要懷疑我是否酸葡萄的心態。我承領著這些，也履行了這些，如同牽牛花一樣，因為牽牛花不怕被擊倒，因為牽牛花不怕被踐踏，所以它的每一朵花，都在展示生命的喜悅，也在暗夜中，默默的吐露一些心事，也在風中，接納一些傳言。做為平凡的牽牛花，它用它的花朵，鼓奏生命的號角，它也用它的花朵，傾聽宇宙悠揚的聲音。風雨和陽光，生命中的兩個逗點，我恍惚得到若干的真況和興味，我依稀聽到牽牛花隱隱的對語。

　　日光漸漸西斜，黃昏近了，我提起腳步，沿著土堤一路向前走去。望向平原盡處，無邊無涯的大地，滿山遍野儘是一片青綠。也有牽牛花吧。也有一片流瀉的風聲吧。這樣美麗的情境，讓人癡迷，讓人忍不住的，把生命中許多悲歡喜捨，都慢慢的沉澱，都沉澱，都靜下來，不再驚動。我不會急著走到盡頭，但我知道，即使走到盡頭，我仍會折返，一路慢慢的走回。

　　我走了便要離去遠方，我走了或者不再回頭。做為一個平凡的人，我瞭解，縱然行過千山萬水，這些可愛的牽牛花，仍將留在心頭，或者留在以後更遙遠的夢裡。

老班長和他的盆栽

剛從兩棲艦隊調任海軍第一軍區不久，一位資深班長搬來一盆碩大的盆栽來到辦公室。這盆栽的枝條和葉脈，似曾相識，但不知其名。它的枝條纖細，淡褐色，深綠色的葉子，帶著金邊、帶有一股淡淡的、怡人的香氣。我稱它為香葉，後來有人告訴我他的稱號，它是金邊福祿桐。

我撫摸著葉片，碰碰鼻子，原來這就是平日鄉間常見的植物，屋子旁籬邊下，常見它的蹤影，當年中學年代，很受同學的喜愛，許多同學會熱衷採它幾片，夾在書頁中慢慢蘊香的香葉。當年，上學路過的鄉間路上，有鄉長的大宅第，環著偌大的屋宇，種有一排香葉作圍籬，同學們路過，興致一來，便會停下車來採它幾片，夾在書中，過一些時日，這些葉片已成了一片片灰褐色的薄片，陳陳的芳香，溫馨怡人，讓人愛不釋手。

這位資深班長送來給我的盆栽，是他親手培植的。他告訴我，是用插枝培植，已超過了二十年，很平常不珍貴，但是，他花過心思培植它，也看著它一吋一吋慢慢的長大。

這位班長馳騁海上多年，孑然一身，不久將要退伍，安置在退員宿舍祥和山莊。他知道那是一個安老養老的地方，也是生命的一個終站，他無法帶著它一同進住，他懇切的希望我保有它留著它，能活多久就活多久，這是它的命。

也因為這棵盆栽，老班長認為與我有緣，他常進出我的辦公室，幫我打點一些瑣瑣碎碎。他忠實誠懇，我把他視為辦公室的一員。

我並不明瞭他當年培植的情由和心意，一盆盆栽倒讓我突地驚覺這是這位班長的化身，內心陡地一片愴然。他在告訴我一些什麼嗎？他在託孤嗎？當時，我才四十歲，似乎還不能完全真正理解一位老人家臨老的的一份心境。

老班長已作古多年。他在世的時候，我幾次到過祥和山莊探視，我也曾帶著他來到家中，看他的盆栽。我始終信守著對他的承諾，雖然兩度搬家，我依然帶著它，讓它留在身邊，讓它繼續成長繼續活在人間。

繼續的釋出淡淡的芳香。守著小小盆栽這麼一點泥土，

守著屬於它的這一點土域，它的根扎得很緊很密。一個來自大陸他鄉的老兵，執意種下的一株台灣香葉，一盆金邊福祿桐，很認真的在台灣活了下來。多少年了，屬於它的一個花盆，依然完美如初。

當年，海軍第一軍區成軍四十多年，我是首位出身本地的政戰部主任。軍區管轄的工作相當龐大，包括兩港守備，包括地區支援，包括眷村，隸屬單位包括東沙和南沙。我也是首位在任內以政戰人員當選國軍英雄的第一人。

很多很多的時間過去了。畢竟我會老去、死去。我準備有一天，我會將這一盆長出分枝長的高大的盆栽，帶回鄉下，帶回去種在家鄉的農地上，讓它安定下來，讓它更真實，更自在的活著、活著。

這盆栽不僅是老班長的化身，其實就是老班長自己。他終其一生服役軍旅奉獻在台灣，這裡應是他熟悉的，也是落地生根的土地。

軍區的土芒果

海軍左營軍區，有寬闊平直的大道，沿路是一棵一棵高聳的椰子樹。大道兩旁，還有寬敞的青草地，一路綿延一片青翠。青草地上種了不少芒果樹，已有相當年代，都已高大成林，都是土芒果。

芒果樹二、三月開花，陸續便有青芒果在枝椏葉隙間浮現，五、六月，芒果成熟轉黃，一顆一顆懸在樹上，淡淡的果香，更添得幾分熱鬧。海上的軍人海上回來，萬般的心情萬般的複雜，一眼望過，格外動心格外疼惜。

離開海軍，我的軍旅生涯便提前結束了。當年苦苦耕耘當年努力過的，一陣風吹過，便都不見了。

我在田地種花木菜蔬，也種芒果。一棵一棵種下植栽，竟然種了不少，有愛文，有海頓，有金煌，有四季芒果以及各種改良品種，還有土芒果。每棵都長得很好，守著時序，它們陸續的開花結果。

　　我不知道為什麼要種植芒果。我在田地種植這些，其實與左營軍區的芒果，不會有連結。我並不想回頭去看，這麼多年過去，隨著潮聲沉沉在夢裡，只是一抹淡淡的水痕。我已經忘記；我記不起當年在海軍，當年曾經有過的許多事。這些隱藏在心中的，其實有我的負氣和委屈，包括不肖長官的貪婪和蠻橫。我並不想說出來，也傷心也無奈，徒然讓自己害怕。

　　多少年了。總覺得我是聽故事的人，這是為什麼，為什麼清清楚楚明明白白就是我自己。

　　多少年了，我無法治癒自己。多少年了，自己明白就好。

　　三月，是芒果開花的季節，看見田地一片繁華熱鬧，我便有寫它的意圖。我提了筆，左營軍區的芒果竟然轟然而現。一棵一棵傷心的芒果樹，讓我害怕；我害怕不能割捨的，還有在海軍的記憶，竟然如此這般，如影相隨，如此這般從來沒有離去。

左營軍區大道還在。兩旁的芒果樹還在否？海上回來
的軍人；海上回來的弟兄，還是否回來找它？

　　這裡有海上的軍人
　　這裡是船艦的家
　　芒果樹早起。挺著細長的花絲
　　輕輕飄搖。三月的春風
　　如夢如幻輕輕拂面
　　聽過晨號
　　聽過腳步聲
　　早起的人看過他
　　一定有人熟悉聽他說話

　　離港進港都在家的門口。
　　大海壯闊
　　大海蒼茫
　　無數的浪沫隨著潮聲嘩嘩的覆下
　　隨著一輪落日跌落大海
　　天黑了。黑暗的大海
　　又黑了

大海的白日很長黑夜更長
難分難捨。分不清白天和黑夜
都在大海起伏

如果。如果海上可以種樹
我們便在海上種下成排的椰子樹
每一條軍艦種幾棵芒果樹
白日操演夜晚巡弋
我們在風中在雨中在浪濤我們忙碌
三月天，我們看長長的花柄
看它擠滿的花序
我們設想。六月七月
我們抬起頭來
海上波光閃閃陽光如熾
每一顆芒果都閃耀

我從海上回來
我在田地開挖菜畦種下芒果樹
一棵一棵芒果都傾盡力氣
略過開花的芒果樹

人們說；菜土菜金。同在一塊田地
青青的蔬菜還有不懂
我已經明白。同在一塊田地
我不是傷兵
我是認真種田的農人

山莊的椅子

半屏山前,左營大路與翠華路交界口的三角地帶,幾棟長排連棟,古舊樸拙,灰褐色的房子,掩蓋在一片高大濃密的樹蔭下。這些兩層樓高、平頂的房子,都是老舊的樓房,裸露的牆面,處處有剝落的痕跡;墨綠色的苔蘚,一塊一塊的呈現,還有幾叢雜草,間雜著一棵一棵小樹,從牆縫中冒出。靜靜的,一個屬於老榮民安養的舊有營舍,留有歲月斑斑的舊痕。

山莊的前面,有一座圓拱形的大門,一道磚砌的圍牆環繞。從大門走入,一條直通的道路直趨而入,道路的兩旁,一棵棵高大的榕樹,都已婆娑成蔭,大樹底下擺置一些水泥砌成的長椅,還有幾顆嶙峋巨石。圍牆內,偌大的院子裏,牆邊、屋角、長廊以及樹蔭下,零落零落,四處擺放著一張張破舊的沙發,也有幾張竹編的躺椅和幾把矮凳子,都已發黑陳舊。這些都是老人家從房子裡搬出,或者在路上散步撿拾回來,拼拼湊湊,修修補補,還能派上一些用場。管理員告訴我,這些椅子都有專屬的主人,不能隨意搬動它,每天他們都要在自己安置的椅子上,一個

人獨自坐著養神，或許喝茶、抽煙；偶而看看街頭來往的人車，偶而也注意巷口的一些動靜，他們經常在這裏消磨大半時間。夏天裡，他們坐在這納涼、聊天，冬天裡，他們也坐在這裏，晒太陽。

我常不自禁的想起這些椅子。只要想起這些椅子，我的心潮一陣澎湃，內心百感交集五味雜陳。這些張口破洞，斷腿殘腳，破舊的椅子，終日飽受日曬雨淋，靜靜侷促在一角。有人認為它雜亂，有人認為突兀有礙觀瞻，建議清除搬離，我沒有採納，這些椅子留在這裏，何嘗不是山莊的一部份，它們伴隨的，還是一群老人的風燭殘年。

一個山莊就是為著這群貧病孤苦的老兵而存在吧。這些原來我不認識的人，因為在這裡，我們認識；因為在這裡，我尊重他們，我照料他們。他們都是上了年紀，單身退伍的老榮民。當中除了幾位成了家，晚年因家庭變故，子女無力撫養，特別申請前來寄留居住，其他都是離鄉背井，舉目無親，孑然一身，每人都有一段坎坷的身世。歷經戰亂流離，做了一輩子軍人，有的亦曾在社會有過一番掙扎，有過一番闖盪。如今年老體衰，他們都是無家可歸

的人，幸運的是，尚能回到自己的軍種，勉強的在這裡，找到一個棲身投靠之所。像重新回到母親的懷抱，舊日同袍齊聚在一起，大家氣味相投，大家知福惜福，倒也其樂融融。

老兵之中，大都屬於士官階層，少部份是中、下階軍官，只有一位官拜上校，曾歷任艦長。退伍之前，他們忠心義膽，勤奮負責，遍佈在各個單位，都是部隊最堅實的基層幹部。退伍之後，憑著在部隊養成的吃苦耐勞精神，攜著簡單的行李，從此走入了社會。有的跑過船，有的開過計程車，有的在碼頭做過工人，有的做過警衛，有的在學校做校工，有的在小吃店幫忙打雜，有的甚至兼做資源回收，販夫走卒，處處都有他們獨自的踪影。他們勤儉度日，他們自食其力，當中也有許多人，他們獨居在偏僻的鐵皮屋中，生活更形寒傖。在社會的底層，在社會的許許多多角落，他們都是社會的邊緣人，從來都是勞勞碌碌，沒有偉大的夢想，只求三餐溫飽，圖一口飯吃。曾幾何時，他們大半都已邁入高齡，成為痀僂的老人，有的髮蒼蒼，有的視茫茫，有的體弱多病。每一個人的身上，都刻劃著屬於他們自己生命的歷程與滄桑。

他們有的領有退休俸，但因退伍較早，數額並不高，大多數的人，則僅每月領取少數的生活補助費。居住在這裏，除了水電、住宿免費外，其他生活所需，尚仍必需由個人自行負擔。也就是自費安置、自謀生活。

我去住屋看望他們，總要走過一段低矮、狹長，一條略嫌灰暗的甬道。這條走道，前端通向伙房和餐廳，末端則是浴室和廁所，走道兩側，零零落落堆置著一些爐具，一人搶佔一個位置，平時用來烹藥或者用來燒煮，後面便是他們的臥房，門戶相對，一間隔著一間。他們住處極其簡陋，兩人一個房間，四坪不到的屋子裡，兩張桌子兩張椅子兩張床舖，以及兩個貯物櫃。床舖下塞滿著木箱、紙箱，舊日的一些收藏以及零零碎碎的一些物品，全部堆放在這裏。簡簡單單，沒有更多的陳設，這就是他們全部的簡單的家當。

畢竟這裏並不是一個正式安置的療養單位，也不是收容所，只不過是多年演繹下，海軍對於單身退員同袍的權宜性安置。沒有預算，沒有編制，軍區不過是一個輔導支援單位，僅能檢派一位約聘雇員，在此做某些管理和聯繫工作，其他能做的，大致是動員地區各單位，給予適當的

支援。地區榮民服務處的服務工作，若有若無，市府社會局的協助則極其有限。也因此，一個五、六佰，眾多老人終老居住的處所，無論生活照顧、設施維護、環境改善，杯水車薪，處處捉襟見肘，很難做得週全，很難讓人滿意。

海軍一向擁有同舟共濟的優良傳統，作風開明，也少一點官僚味。我派任軍區的政戰部主任甚早，尚不足四十歲，正值意氣風發之時，也滿懷著熱情和理想。面對這些舊日同袍，猶如眷村的服務照護，我視它為主要的工作，也有心對他們多一點付出。也因此，除了定期與他們座談，聽聽他們的心聲和意見外，一有時間，我便會前來探望走訪，看看伙食辦理情形，或者閒話家常，噓寒問暖的給他們一些慰藉，逢年節慶，也會安排一些文康團隊演出和聯誼餐會，同時準備一些應景食品分送，過年做八寶飯、準備瓜子糖果，端午節包粽子，中秋節做月餅、買文旦，只希望讓他們同樣享有節慶的溫馨和喜悅。義診和義剪，則深受老人們喜歡，每隔一段時間，我會安排義診團隊和公益團體前來山莊。對於環境的清理，每隔一段時間，我會派遣兵工為他們清理，裏裏外外作一番清潔、消毒；同時也請來木工和水電工，為他們檢修門窗和燈具，以及零零

總總一些簡易的修繕。我的所作所為,不過是讓他們得到一點信賴;那信賴,就是他們安定的力量。

　　這一些,對於這群孤苦寂寞的老人,顯然不足。許多時候,看著他們形單影隻,殘弱的身軀,看著他們笨重的步伐,那不經意的一聲嘆息,那粗重的咳聲傳來,心底便飽含著無限的辛酸和無奈。我在他們不同的眼神中,依稀看出他們的無辜和感傷。特別在淒寒的夜裡,這裡一片沉寂,燈光昏弱,我曾在夜裡路過,專程走進一探,站在空茫茫的大院子裡,風簌簌的吹著,便也忍不住一陣鼻酸。難道這是天譴?我不敢欺騙自己,對於自己做的有限,我的內心忐忑不安,有一絲罪惡感,我不免要怨嘆自己力量的單薄。

　　老兵們少小離家,來自大陸各省,這裏可以聽到到各省各地不同的口音,有些人鄉音太重,往往讓人聽了,摸不著頭緒。在一片蒼涼的晚景中,那曾經有過的記憶和血淚,的確有太多的理由,讓他們怨嘆人世的不公,讓他們怨嘆歲月的無情和冷酷。但是,太多的磨難,反而讓一切都沉潛了,彷彿一切都不再那麼清晰,那麼深刻,一切都

模糊了。在這裡，彷彿歲月不再那麼曲折起伏，一切的激情和沸騰都已散去。那麼的輕忽，那麼的淡然，那麼的隨遇而安，看透了也看開了，讓人覺得生命中除了某些掙扎和某些堅持之外，其他都不具意義。但是，我相信，老人心裡一定還有一些未能完成的，包括心頭上的一個，夢。在漸行漸走逐漸推移的時光中，這些老人心底，還埋藏著一些什麼，還盼望著什麼，總認為有一天還會到來，總以為有一天還會實現。

我曾在昏暗的房間，一頁一頁翻著他們舊日的相簿。這些相片，歷經多少時日，有的已經泛白，有的已經褪色，但是，每一幀都是他們生命中最寶貴的記憶。攤開相簿，有時話匣子一開，他們會如數家珍滔滔不絕，天南地北的硬是讓你陪他走過一回。他們愛提往事，拉拉雜雜說過一回，回頭再說一遍，硬是要說個過癮，說到傷心事，往往是一陣哽咽，老淚縱橫。一旦想不透想不開，鬧了別扭，話語會又出奇的少，欲言又止，讓你猜不透他內心的一片驚濤駭浪。一本相簿，一幕幕的往事，讓他們沉緬，讓他們回味；有時也會讓他們魂不守舍，竟日發呆。

山莊沒有醫療設施，沒有專人照料生活，一種集體式群居的生活型態，似乎並不適合於老年人生活。只是，他們都瞭解，這是最後唯一的選擇。我曾三番兩次，送他們到臨近的榮總、海總醫院急診，但畢竟有限。他們在莊子裏成立自治會，選舉曾任艦長的上校軍官秦先生擔任會長，同時也推舉一些較具熱忱，較有活力的軍、士官擔任幹部，除了處理莊內共同事務外，最主要的便是發揮照護功能，給予急難病困協助。多少次，他們把病重的老人，合力火速的送進醫院，許多老人也因此搶回寶貴的一命。

　　他們之中，有些人個性孤僻，脾氣古怪，常常讓人捉摸不定。他們會獨自一個人，躲在陰暗的角落，不吭不響，不吃不喝，半天不理人，叫人擔憂。他們會瞎鬧、會起哄，像孩子耍賴一樣，讓人既好氣，又好笑。一旦情緒失控，火氣一來，他們會大聲咆哮，拍桌對罵，芝麻綠豆的小事，都會成為衝突的導火線。心靈的空虛以及長年的病痛，讓他們感覺生命的無望，我曾受夠他們的嘮叨，以及惡言相向。他們告訴我，他們受夠了，他們活夠了，他們不會在乎一切。這一些，我可以承受，一旦碰多了，倒也習以為常。

　　我曾在走道在屋簷下，伴著他們炊飯作菜，我也曾在空地上，與他們共同開挖菜圃，種植瓜果菜蔬，我同時會在繁茂的大樹下，與他們促膝談心，渡過一個漫長的下午。山莊後面寬大的後院，植滿了林木，婆娑成蔭，老人常在那裏活動筋骨，也常在那裏流連。樹幹上，有他們插枝培植蘭花，枝頭上，也掛著他們心愛的鳥籠。他們會提著鳥籠四處蹓躂閒走，他們也會握著小收音機邊走邊聽廣播。一位糖尿病截過肢的老先生，興沖沖的手搖著輪椅，為著只是告訴我，樹叢裡有新築的鳥巢；另有一位老人家，有一回還神秘兮兮的緊拉著我的手，一路走到一棵結滿果子的愛文芒果樹前，告訴我，這是他暗地裡偷偷種植的。他強調，這棵芒果今年剛第一次結果，從開花到結果，他盼望了許久，每天都要看它幾回。他滿心的歡喜，並且執意摘下幾顆，一定要我帶回。暮色中，那掛在枝頭上半熟的果子，在黃澄澄的陽光投照下，讓人有萬般的滋味。

　　一個小小的發現，一個小小的喜悅，都是他們最佳的生活安定劑。事實上，快樂是一種心態，也是一種生活習慣，有人認為把水溝打掃清除乾淨，便是一種滿足。老人之中，有人天生勤勞，保有一份熱誠，他們會主動拿起掃把，把山莊裡裡外外，作一番清潔打掃。也有一些老人，

主動負起照顧行動不便的同袍，為他們打理生活，陪他們上醫院。也有一些老人，平日省吃儉用，他們會捐出積蓄，為貧困的榮民家眷以及社會上一些需要照顧的人，略盡棉薄之力。儘管上了年紀，他們依然保有一份赤子之心，個性越來越像個孩子，有人會湊著耳朵，悄悄的告訴我，誰誰誰有要好的老相好；他們依然會相互捉弄，相互逗趣，嬉笑怒罵，鬧成一團。在歷經那麼多磨難之後，他們無視於命運的擺佈，仍然擁有屬於自己尋求快樂的方式，給自己快樂，也給別人快樂。也由於他們共同的扶持和關懷，這裏有許多富於人情味的小故事。

山莊的前身，是部隊駐守的營區。這些舊有的營舍，除了有兩棟遭颱風侵襲掀掉屋頂，廢棄不用外，其他保持的尚稱完整。這裡設有交誼廳，是昔日部隊的「中山室」，軍區撥發幾台電視機，提供作為電視欣賞，老人們也常在這裡打牌、下棋，幾個人一邀，廝殺幾回。還有一個大禮堂，這是平日集會、活動的地方，座談會，榮團會在這裡召開，義診、義剪在這裡辦理，遇有藝工團隊、民間社團前來，也在此演出。這裡同時是三節聯誼餐會的地方。每逢餐會，自治會一向視它為山莊的大事，他們召開會議幾經討論，悉心作過一番籌備，也請來外燴專責辦理，七、

八十桌的餐會，把禮堂裏裏外外擺得滿滿，拼酒、猜拳、談笑風生，洋溢著一股節慶的喜氣。

　　黃昏之前，他們習於四處蹓躂四處閒走，半屏山前、蓮池潭畔、舊部落、軍眷村，四處都有他們的踪影。我曾與他們不期而遇，也曾多次站在一旁，遠遠的看著他們佝僂的身子，蹣跚的走在黃昏的路途。對於左營，這裏已成了他們新的故鄉。

　　山莊不時傳來老人往生離去的消息，沒有太大的驚動，沒有太多的傷悲，只有管理人員會沿襲一套完整的模式，忙著為他們處理喪葬火化事宜。老人們一向都會推派代表，坐上山莊安排的遊覽車，集體前往殯儀館致祭，每人手上抓著一條毛巾，原車又搭乘回來。回到寢室，隨著一聲嘆息，把毛巾一丟，放進櫃子裏。厚厚的一落毛巾，日後拿出取用，已分不清到底是誰的喪禮，甚至哪個名字都已忘記。他們孤零零的來，又孤零零的離去；沒有遺言，沒有哭聲，沒有送葬行列，對於山莊的許多老人，死亡對於他們是如此的貼近，一生的勞碌、一生的奔波，都在這裏作了結束。這裏竟然成了他們生命最後的終站。

有人過世了，這裏少了一個人，頃刻間，房間有一個位置騰了出來。過不了多久，又有一位候補的老兵，還會申請住進來，這裏又來了一個人。像一陣風一樣，他們悄悄的到來，又悄悄的離去。沒有人會記得他們，像一陣煙一樣，來去自如，無影無蹤。

　　軍區的日子超過三年，也是我服務最長的一個單位。調職之前，我特地前往山莊辭行。我一一的在樹下、在牆邊、在長廊、在臥室，與他們寒暄道別，那份熱絡，那份溫馨，似乎還能讓我找到平日不經意留下的一些印記。我收下了他們送給我的紀念牌，一個獎牌，一份心意，一份美好，也是一個完整的記憶。這一點一滴，這一切，凡是我帶給他們的，其實也帶給了我自己。

　　在離去的遠方，我明白無法割捨對於他們的思念和憂慮，我相信，自己的一顆心依然還停留在那裡。像樹蔭下，像牆腳邊眾多的椅子一樣，默默的守著這裏的每一個清晨和黃昏，默默的，都成為山莊的一部份。在離去的遠方，我仍會懷念；在我離去的遠方，當我有了失意和挫敗，只要記得人生的那一份蒼茫，只要想起山莊以及老人們，只要悄悄的流過眼淚，或者擦去臉上的汗水，我知道，一切都會過去。一切一切都會給自己彌補和慰藉。

紅螞蟻

　　左營有一種紅螞蟻，個性頑強，毅力驚人。牠的體型雖然細小，但在螞蟻族群中，仍屬壯碩勇猛的一種。牠們或者三三兩兩，探頭探腦的隱沒在草地上，或者成群結隊，蜿蜒有序的沿著溝邊，沿著牆腳一路行進。默默的，認命的，用牠細小如髮絲的腳梢四處行走、到處逡巡。牠們記得回家的路，不管離家多遠，都能按照原路折返；牠們更有足夠的毅力，老遠的將一隻體型較大的昆蟲，共同合力的搬回。我常在左營碼頭前的草地上，見到這些紅螞蟻走動的蹤跡，不知為什麼，總覺得牠們性格獨特，與其他地方的螞蟻不同。

　　還記得我們新生入伍訓練的日子，這些紅螞蟻與我們形影不離，四處流竄也不盡友善，成天在野地與我們出操、打野外。牠們戰鬥到底，也在我們勞動服務的時候，探頭探腦胡亂的鑽動。有時候，我們突然心一橫，動起手來，一口氣捏死它揉死它三隻、五隻、數十隻，甚至近乎荒謬的，將牠們一路行進整齊的隊伍，一手搗亂，張大眼睛，看著牠們一陣兵慌馬亂，四處流竄落荒而逃。牠們當然不是永遠的弱者，我們便要遭殃了。還有更多的紅螞蟻，躲在草叢間、根頭下，冷不防的爬在身上，鑽進衣縫裡，千

挑萬選的對準肱邊、鼠蹊、腋下，狠狠的叮上一口，頓時紅一塊腫一塊，抓也不是，不抓也不是，讓人全身發麻，渾身奇癢難耐。

我們害怕了嗎？我們失望了嗎？沒有，我們完成了入伍訓練；紅螞蟻懼怕了嗎？紅螞蟻退卻了嗎？沒有，牠們依然活躍在屬於牠們的草地上。

「紅螞蟻觸鬚靈敏，反應敏捷。牠們是一支覓食大隊，也是一支戰鬥雄兵。逡巡、戰鬥，守護和搬運，忠心耿耿，具有不屈不撓，永不服輸的精神。」

我們並不十分瞭解紅螞蟻的生態和習性。一窩的螞蟻，蟻后、雄蟻、工蟻、兵蟻，擁有不同的階級，牠們各擅所長，各司其職，既分工又合作，患難與共，共同建立一個具有高度社會性，屬於自己的大大的家族。守護是牠們責無旁貸的天職，攻擊是牠們防衛的本能吧。牠們出生，牠們工作，牠們繁衍，牠們死亡，生生不息，短短的一年時間，牠們忙碌而充實，鮮明的活在每一個充滿挑戰的日子。

對於這樣的說法，我頗能理解，也願意相信。在我的眼中，牠們不僅僅是一隻爬行的紅螞蟻，也是我軍旅生涯

熟識的伙伴。牠們生長在海軍的左營，牠們長期浸潤在海軍雄偉的氣魄裡，應該洞悉什麼明白什麼，也學會什麼。

　　我把這種想法印在腦際，學著去瞭解自己、看重自己，甚至於超越自己，出海的時候，心底就會有幾分飛揚和幾分快慰。特別在漫長的航行之中，在一望無垠的大海，看著無數的浪花奔馳，我會不由自主的想起了紅螞蟻。對於紅螞蟻；對於紅螞蟻的冒險和勤奮，對於紅螞蟻的靈活和刁鑽，竟有一種異樣的情分。是反射也是一種移情。也許，我們都在艱難之中，面對一個屬於自己艱苦的處境，也許，我們都能鍥而不捨，同樣的既戰鬥，又生活。

　　許多日子，在水天茫茫的海上，時間和空間放空了，對於許多世事看法，我更有一番領略，對於人生，也有新的認識。海上飄泊的日子，我常不由自主的，拖著一身疲憊的身影，走到船頭，那樣無遮無攔的，承受四面八方的海風。我會認真的思考自己扮演的角色；有像千言萬語，在忘情中看見自己，領受一份生命的莊重，也留給自己一些激情和感動。

　　船回來了，船回到了左營。船，回到左營海軍的家。

我和副長，兩個上尉，我們相偕坐在碼頭前的草地上。剛剛在浪裏翻騰攪動，那翻腸倒胃，掏空吐盡的肚子，還在蠕動，仍然咕嚕咕嚕作響。遠遠望去，海上的雲霧一片灰濛濛，顯的不很真切。防波堤外，高漲的浪濤，一波一波不斷的向前推進，大海使盡勁力，一把扯了回去，又不停的推動前來。海，還在起伏，還在翻湧，還在吶喊，一遍又一遍，永不止息。恍惚裏，陸地也隨著大海傾斜，前後左右仍然不停的搖擺，就在那一霎那間，浪花驟然昇高，海浪呼嘯著過來。我的眼睛一片酸澀、模糊，受夠了，也累壞了。

　　暈船會讓人吃不下，睡不好。暈船會讓人臉色鐵青，神經衰弱。暈船會讓人歇斯底里，失去理智。暈船會讓人想很多，不想很多。那是海中孤單的我嗎？一股寒流驀地冒了上來，塞滿了胸口。

　　我和副長。我們同一個年班，一個政戰，一個海官，我們來自不同的軍校，沒先後，沒有好與不好，我們接受不同的養成教育，我們有個別的本職專長。我們畏懼了嗎？我們害怕了嗎？

　　沒有人知道我內心的疑慮，沒有人知道，我，內心的，

不安。我們剛上船，接觸不久，副長大概也不清楚不知道。

　　我強作鎮定，掩飾心中的落寞。黃昏之前，我們奉派執行港偵任務，解開纜繩收起舷梯，船又出海了。海軍有許多不同的任務，巡弋、護航、運補、救難、護漁，臨時的、例行的，還有指定的。所謂港偵，就是在港口外三、五浬之間來回巡弋。雷達警戒、目標識別、聲納搜查。猶如陸軍大門口的夜衛兵，一艘軍艦在港口外擔任守衛的任務。

　　日暮下的海面，一片金光燦爛。粼粼的波光，宛如一地的碎玻璃，閃閃發亮；霞光、雲影，交相輝映，讓人沉醉。幾隻海鳥，舒展著翅膀，從舷邊掠過，飛走了，又回來，反覆的盤旋，那優美的姿態，那歡叫的聲音，令人神往。回頭望過防風林，沿著海岸線，一片平疇原野，依稀還可以看見柴山、半屏山、螺底山鬱鬱的山林，以及煉油廠吐著紅色火舌和高聳的煙囪。一艘船，出航了，風聲和著濤聲，在均勻中，平和的向前推進，平和的向前追著一輪落日前進。一艘船，靜靜的航行，誰知道，午夜過後，好好的天氣竟然說變就變，大風捲起，一陣大雨直直落下，一波一波的浪濤直打在甲板上，頓時之間，風雨交加，濁浪滔天，有如萬馬嘶吼。海上天氣多變，說變就變，風太大，起浪了；大海永遠是這樣的深不可測。

「海水真是折煞人，令人拿它沒辦法，不停的磨，不停的動，又搖又幌，讓人心煩，讓人忍不住發火。誰說過呢？沒有風浪的大海，練不出好的水手；到底誰說過，這並不重要，問題是，我受不了，我暈船了，一路嘔吐，信心全跑光了。」

那往日乘風破浪的一股豪情不見了，像一隻鬥敗的公雞，樣子狼狽極了。我看著副長，看他奮力的在臉上亂揉亂抹，兩手一攤，忍不住抱怨說：

「這不過是四、五級的風浪，小木殼船便挺不住了。我不明白，海象為什麼如此讓人難以臆測，我剛一接更走上駕駛台，僅僅幾分鐘，我便被擊垮了，我全身虛脫冒汗，實在撐不下去。我緊緊抱住圓滾滾的羅經座，心裡喊著：要忍耐，要堅強，要……，但是，一點用都沒有，我的牙齒打顫全身發冷眼睛一酸，一陣噁心，我簡直吐翻了。」

那變幻不定的風向那深沉的大海，讓人顫慄，讓人不由的縮著肩膀。面向這詭譎多變的大海，他如聲繪影，為的只是告訴我，他暈船了。他暈船了，他不能逃避，他仍然必需下舵令、定出船位，他仍然必需站在駕駛台上，舉著望遠鏡，做一個稱職的航海值更官。

　　我何嘗不是經歷了一場震撼教育，天旋地轉。船剛過防波堤，一陣搖晃，我堵在肚子裡的食物和酸水，便從牙縫和鼻孔冒了出來。剛剛，我還曾一度勉強支撐著身子，跌跌撞撞的，在艙間巡查，一個大浪間，腳跟沒站穩，便摔倒在地板上。他的苦，他的遭遇和感受，不正是我自己相同的寫照？

　　孤寂的海上，許多情緒彼此流通著，暈船也是。暈船會把一個初上船的初級軍官，把膽量和自尊嘔了出來，我的內心不由的傳來裡一陣悸動。我們同一個年班畢業，一起入伍，一起成長，都是初級軍官，兩人先後來到這一艘掃雷艦。他曾在陽字號擔任過槍砲官，在中字號擔任過作戰長；我則在陸戰隊擔任排長，轉到艦隊之後，先在學校擔任中隊輔導長，隨後又在指揮部擔任幕僚職。這一條屬於三級艦類型的木殼船，船艙狹小，空間有限，我們同住在一個住艙，我睡上舖，他睡下舖。事實上，他頗擅長於書法、雕刻，是兵科軍官公認的才子，我則性好文學，喜愛寫作，在軍中略有小名。兩人在短暫時間的工作磨合，幾度深談之後，不但是最佳的工作伙伴，也成為至交好友。我們日常的一些情緒和工作理念常是互通的，經常互補，也常有交會。我們在相互的身子可以看到自己的影子。

我們不過只是一個平凡的小人物。我來自農家，他來自基層公教家庭，大海離我們很遠；曾幾何時，我們不約而同都成為海軍的一份子。曾幾何時，我們要把海上的風浪，吞下；我們要把受過的苦，忘掉。我們只有相互鼓勵，把事情看開，簡簡單單，不必再用不安的字眼，來打亂自己，給自己增加壓力。

　　我們有過長時間的耐航訓練，我們也曾經歷半個月的環島掃雷任務。三艘軍艦編成一個支隊，我們從左營出發，駛過台東、駛過花蓮、駛過蘇澳、駛過基隆、駛過台中、駛過馬公，長途的跋涉，又回到左營。三艘軍艦，從西海岸到東海岸，從這個港口到另一個港口，看見月亮圓了又缺了。白天和黑夜，我們從黃昏走到黎明，穿出濃濃的夜霧，走到陽光的海面。雖然是個不大不小的任務，談不上艱險更談不上戰功，我很清楚，我們不是搭著遊船賞鯨看海，我們不是乘著一葉風帆，去遨遊，去冒險。我們沒有那份閒情逸致，也沒有那份闖盪和刺激。

　　每晚，從舷窗看向一片漆黑的大海；每晚，一聲高過一聲，在嘩嘩的濤聲中，沉沉的睡去，我心裡一定有某些感傷。海上行船本來是一件極其美好的事；所謂乘風破浪，海闊天空，多麼豪情，多麼讓人愜意。浩瀚無垠的大海，

一群弟兄來自四面八方，大家攜手同心，同舟共濟，海上歡喜的事不少，也常有令人驚喜的發現，只是一暈船，腦筋便發漲，這些都會一掃而空，全都忘記；我不明白，為什麼要讓「暈船」這個魔咒，牢牢給套住。我心中的許多不平，我內心的許多不快樂，都來自這裡。它是一場噩夢，讓我難分難解。

木殼船輕薄短小，耐不住顛簸，很容易抖動，不若驅逐、巡防戰艦，擁有厚重的鋼板。夏日裡，太陽把船殼晒得發燙，狹窄的艙間，一片燠熱，簡直像個烤箱，空氣悶透了，一身的熱汗，身上的衣服總是黏濕濕的。到了冬天，寒風刺骨，海風發出嗚嗚的鳴聲，帶著刺直闖而來，豎著衣領，裹著厚重的航海夾克，那寒氣逼人，仍然忍不住一陣陣的哆嗦。我們害怕夏天裏過海洋，同樣的，我們也不會喜歡冬日的航行。海洋多樣的的面貌與性格，總是不分時序，總是挾著強風刮浪而來，給你一點挑釁，給你一點顏色，甚至當頭棒喝。

艦身在劇烈的抖動下，前俯後仰左右傾斜，俯仰之間，只見船艏高高的抬起，又低低的把頭埋下。一艘大浪中搖晃的船隻，像極了酒醉的身子。

技巧生信心，信心生勇氣；老海軍說。來到大海，就要有勇氣接受海洋的洗禮，來到大海，就要用信心接受海洋的挑戰。

還記得剛上船第一次首航，我連艦上的艙間、艦上的部位都還未摸清楚，跟跟蹌蹌走在有如迷宮的艙間，暈頭轉向的就是一陣狂吐，把胃裏的黃水都吐了出來，吐得地板滿是都是穢物。我不敢勞駕戰士收拾，又怕人見笑，趕緊脫下夾克擦拭，轉身回房，動也不動的平躺在床上，動也不動的讓自己進入半睡眠狀態，船依然搖晃。老士官們看在眼裏，走進來探視，他們嚇唬我，越是怕暈船，風浪越是找那些躺下來的人，如果你大膽的站起來，它一定怕你。

我精神恍惚，四肢無力，心裏忍不住一陣狂呼，饒了我吧，饒了我吧。奇怪的是，一旦回到碼頭，只要一腳踩在地上，伸個懶腰，沾沾地氣，力量便來了。大風浪過了，放假班離開碼頭，走過軍區大道，走在回家的路上，什麼都忘記了。

台灣海峽名列世界海象惡劣水域之一，實非浪得虛名。老海軍都知道，大風大浪固然可怕，一旦暴風雨來臨，大浪有如峰頭一般，高高的捲起，步步推進，看那海面陣陣

揚起的水花，激化成湧，簡直讓人吃足苦頭。老海軍説，照樣的航行，照樣的操演，照樣吃得下飯，才是海軍的真本事。

漫漫的航程中，一次又一次的操演，一個又一個戰備。當值班、預備班、放假班，官兵沒有一個人可以例外。備戰的鈴聲讓人神經緊繃，瞬間會把人拉住，即使睡覺休息，都要立即從床舖翻身一躍而下。穿過狹窄的艙間通道，穿上救生衣，戴著頭盔，每一個人都要以最快速度，衝到自己的部位，這就是戰鬥部署。

「海上驚險萬端，變化無窮，什麼事都有可能發生。任務是艱鉅的，戰爭是殘酷的，海軍的戰場就在大海。」

水雷艦隊較小。這一個由多艘三級掃雷艦組成的艦隊，任務雖較單純，但是，我們都明白，掃雷、佈雷，是高危險的任務，尤其在戰時，在敵人的炮火下，執行航道清除，更是步步驚魂，隨時有粉身碎骨的可能。

一次海上操演回來，艦隊長在檢討會上，對於編隊就位、戰術運用，作了深入的探討。他勉勵大家熟悉船上的部位，熟悉船上的性能，把自己與艦艇融成一體。他意味

深長的以自己作例子，談起海上的生活。我聽得很認真，也出奇的惶惑，但找不到答案。這一些不過老生常談，但是，聽他娓娓道來，倒也是語重心長，一番苦心。

艦隊長説；

「我只用一個最簡單、最笨的辦法，那就是把嘴裏吐出來的穢物和著酸水，將它捧在手上，全部將它又吞回肚子裡。」

艦隊長在海上奔馳將近三十年，由下而上各類型艦艇，歷練各類型艦艇各種職務。他是一位長者，也是一位神奇、傑出的將領。他在碼頭是出了名的暈船大王，據説，曾經有多次胃出血，從船上抬著下來，緊急送到醫院掛急診。據説，由於太過專注，大風大浪之中，他曾有過讓香煙燒紅指頭，竟然渾然不覺的紀錄。他如此暈頭轉向，死去活來，終究還是走了過來。他果真如此豁達，如此神勇，又如此樂此不疲？像是天方夜譚，我們似懂非懂，似信非信。一個暈船第一名的初級軍官，竟然會是日後海軍傑出的將領。

我們來不及思考這些，船又出海了。每回，站在高高

的駕駛台上,隔著擋風玻璃,我必需一方面抵抗不斷由胃壁翻湧到口腔的酸澀,同時努力的為自己尋找一個受苦受難的理由,用一種說法來模糊自己,壓抑自己。艦隊長這番話便有如夢魘般在我的心底在我的腸胃中催化著。

不停的暈船不斷的暈船,讓人氣餒讓人消沉。海上驚心動魄的日子,依稀在臉上,蛻化成一道一道憂傷。這昏天暗地的日子,我深深瞭解,如果我不能堅持,失敗的痛苦就會無情的降臨。做為一個職業軍人,做為一個海軍,最怕讓人懷疑耐波力不好,最怕年度考績出現不適任的字樣,這將被淘汰,也是丟臉,抬不起頭。

一個冬日的早晨,我一個人在碼頭上慢跑,沿著小港碼頭,跑向東碼頭,轉進南碼頭,一直跑到西碼頭,又原路折返回來。我在小港休服中心側面空地的草皮上略作休息,突然間,就在乾涸的水溝中,我發現兩支螞蟻大軍正展開生死大對決。是的,兩軍開戰了,一支是紅螞蟻大軍,一支是體型略大的黑螞蟻,兩支隊伍交鋒纏鬥在一起,密密麻麻的,互不相讓。雙方都知道自己在做什麼,沒有畏懼,沒有退卻;兩邊都分別一湧而上,深入敵陣,挺起應戰。只有攻擊,不斷的攻擊,一隻對著一隻,前仆後繼,個個來勢洶洶,奮戰到底。牠們無法倖免於難,都難逃一死,

但是，雙方都只有一個目標，摧毀敵人戰勝敵人。長長的一條水溝，黑壓壓的，佈滿了殘屍斷骸，我不明白，牠們為何要做這樣的廝殺？牠們到底拼鬥了多久？這樣一場慘烈的戰鬥，到底為了什麼？同屬一個族類，牠們還有什麼不能相互見容的？

這怵目驚心的場面，很難令人忘記。有一天，當戰爭把我們推向海洋，我們也是一隻戰死不退的紅螞蟻，在硝煙礮火聲中，我們將展開一場驚心動魄的大海戰。船會中彈，船會沉沒，熱騰騰燒滾滾的大海，將會漂動著一具具屍體，那是死去的士兵，那是海上陣亡的水手。他們同時一起為國捐軀。

這時候，紅螞蟻又在做什麼？是否又有一支行進的隊伍，正在落日下，通過偌大的一片草地，歡喜而自在的，走在回家的路。入夜之後，一窩的巢穴，也是一個甜美的家園，此時萬頭鑽動，人聲鼎沸，好不熱鬧。此時此刻，我不知道在海象如此惡劣的時刻，為什麼會突然想起遠在左營，那草地一群走動的紅螞蟻？難道我還不如一隻小小的紅螞蟻？

出航、回航；回航，出航。海上和陸地；陸地和海上。

有時是海上的舷窗。有時是陸地的窗口。

我覺得就站在左營的草地上。那一日，我覺得就是那一日，迎著風，一個陰霾的午後。風狂亂的撲身而來，雲層很低，快下雨了吧，我看見紅螞蟻一隻接著一隻落荒而逃。紅螞蟻一定有了警覺，牠們發現了什麼，牠們必需傾巢而出，立即搬離自己辛苦構築的巢穴，牠們必須把辛苦搬來的食物，一點一滴合力的快速的搬離，才能免於一場大水的浩劫。一場風雨過後，船又出海了，海上忙碌依舊；這樣的一場風雨，遍地狼藉，草地上溢滿了泥漿，到處都是積水，我以為紅螞蟻便會從此消失，然而，幾日過後，我從海上回來，草地晒乾了，紅螞蟻依然神氣活現，密密麻麻的，數量一樣驚人。

艱苦的日子，無始無終，好像永遠不會結束。一張沒有血色的臉，在陰沉的天氣裡浮沉。海真是太深太深，浪也太高太高了。它張開一雙狂野的、粗大的手，毫不留情，奮力的撕扯。我們有如滄海一粟，微不足道，太渺小了。

「咬緊牙，撐下去，撐下去就會過去。海軍的事業在海上。」

我曾興起請調的念頭，不惜一切，離開這裡回到陸地。一切問題，包括我的不快樂，都解決了。是的，離開海上，我的同學還有許多人在陸地上幹他們的輔導長，為什麼我偏要在海上？

　　「海軍有輪調制度，我們會有機會調回陸地，但不是現在，也不會是此刻。我們為什麼要半途而廢？」

　　海面沉沉的。夕暮過後，隱約還有一點剩餘的光在波上波動。那是浪頭上撲動的光，一點一點在海面撲動的光。我聽見了副長對我說話。

　　我能瞭解副長，他心中美麗的夢，就是他要証實的理想。大風大浪並沒有把他的熱情磨掉，他從容自信，他堅定。我知道，他不再患得患失，他已經真正的屬於海洋，他是一個熱情的、快樂的、瀟洒的海軍。

　　那一副神采飛揚的模樣，愈發顯得我的懦弱與不堪。

　　「不要為著暈船離去，那不值得，那會令人見笑。我們做的這麼心甘情願，我們做的那麼努力，你不覺得我們是一條快樂的船？」

「我們有一艘紀律嚴明的船，我們有一艘績效優異的船，我們是一條快樂的船。甲操、戰技競賽、軍紀、軍歌比賽，我們獲得優勝，我們名列前茅。我們上下一心我們精誠團結我們風雨同舟。我們兩人做為副長、輔導長，都是艦長的左右手，兩人都與有榮焉。」

「誰要半途而廢誰要提前離開，這不對稱這不公平；輔導長要半途而廢輔導長要提前離開，更不對稱更不公平」

我親愛的副長我親愛的同學掏心掏肝。給了我這麼多的話給了我這麼多的美好。他知道我的患得患失害苦了我，他撥雲見日明明白白給我關心給我指引。

衝過一個浪頭，衝過一個浪頭，衝過一個浪頭再衝過一個浪頭，前面海闊天空。多麼重的關心和鼓勵，多麼重要的關心和鼓勵，有如醍醐灌頂，我被治癒了。頓然之間，我有了歡喜，我很知足；現在，我靜靜地與自己對話，就在現在，我靜靜地與自己和好。

就在現在，我問我心中的另一個我，我要的是什麼？像微不足道的一隻紅螞蟻？像紅螞蟻，即使細小有如一隻紅螞蟻，我們不能加以鄙視。牠們在野地上勤奮的工作，

把一顆顆晶瑩剔透的食物儲藏起來，為著生存，為著繁衍，牠們持續不停的戰鬥。牠們不會死滅。

沒有死滅的就是一股站起來的決心。沒有死滅的就是一股活下去的勇氣。看著海浪撲上甲板，看著朝陽從水面升起。這是美好的一天，我推開水密門走到甲板，試著與海對話，就站在大海前，把軍人的驕傲和苦楚，清脆的叫出來。

我登上階梯走進駕駛艙。艦長在右側艦長座，航海值更官作戰長在左側座位，艙內還有航海士官長、譯電士官長，以及電信和信號。我向艦長行過禮打了招呼，也向幾位值耕的夥伴致意。

一支隊伍，一個團隊。紅螞蟻黑螞蟻有牠們的霸主，我們一條船也有我們的霸主，我們的艦長。

艦長，一艦之長，一位坐在艦長座一位下舵令的人，帶船帶兵，指揮作戰。他的地位崇高，責任重大，那是許多兵科軍官夢寐以求的職務。一個艦長的培育和養成，需要一些時間。這是工作的歷練，也是海軍的堅持；這是責任，也是一種期待。一個無緣派任艦長的兵科軍官，潛力

發展會受到影響，他的心中不無遺憾。

　　我們敬重我們的艦長，一個有信心有果斷力，一個生來似乎就是有資格要幹艦長的人。很搶眼，很穩重，他是我們一條船上的霸主，他是艦長。

　　我們謝謝我們一位優秀的艦長。艦長船藝好，戰術素養高。他沉著，他冷靜，他有他的要求和標準。他是一個懂得自己對自己負責的人。他值得信賴，他是我們的艦長。

　　各類型軍艦各種職務，都有一定的歷練和任職時間。時間到了，我們的艦長以他的發展潛力，他會由少校、中校、上校，接任二級艦進而一級艦繼續擔任艦長。有朝一日，副長也會成為一個優秀的艦長。有朝一日，我也會由三級艦，而二級艦，而一級艦輔導長，甚至做為一個艦隊的政戰部主任。

　　回首 1974、1975 年的海上，我想說的是，我們的艦長後來果真如願接任了二級艦、一級艦艦長，他在調任國防部情報次長室副處長後，轉任跑道派任駐外武官。當年的中尉作戰長高廣土斤，後來晉任艦隊司令，繼而陸續高升，接任海軍總司令、參謀總長副總長執行官以及國防部長。

讓人不忍的是謙謙君子副長梁永光，他在十年役滿退伍返鄉，在台中旱溪街開設一家書店，不幸因病英年早逝，讓人扼腕。

副長長於書法深愛篆刻，已有相當的底子。我們同住一個艙房，假日或者閒餘，他會取出成套的刻刀以及各方印石，在室內忙著他的雕刻，我則在一旁看書寫字。他送給我有他的篆刻作品，我相當珍惜，也作了保留。

海上的日子，不經意過了一年。

這是一九七五年，也是我開始從事海洋書寫作的年代。我寫詩也寫散文。我寫海邊印象、海鳥獨語，我寫問海，寫走進大海的風暴，我寫夜晚的濤聲，許多許多詩的作品，全都沾滿了海水，我將它發表在報紙副刊和詩刊上。這些作品後來參加海軍文藝金錨獎以及國軍文藝金像獎，前後分別得到了金錨獎以及金像獎，夜晚的濤聲獲選編入爾雅版七十二年年度詩選。

海上的文字常常帶著我回到海上的歲月，詩和散文，大概就是這樣寫成的。

　　船笛響了
　　海面倒映的水光紋滿了胸膛
　　船笛響了
　　浪濤在更遠更遠的海上奔跑

　　我看見海上有一面倒映的光，我看見有一道光。一艘軍艦，解開巨纜，正在出發，正在向前航駛。在外島水域、在台灣海峽、在東岸太平洋、在澎湖、在南疆，一艘軍艦在風雨和波浪中，正在前進。

　　船回來了，港內港外一片忙碌，汽笛鳴起，哨音響起。一聲聲哨音；一聲、兩聲、三聲、四聲。水兵們在艦艏、艦尾、在上下甲板，各就各位，各就「進出港」部署位置，大家站列整齊，相互的敬禮、答禮致意。那是資淺艦向資深艦的行禮與尊重。那是快樂的回航，拋下纜繩，繫上纜樁；船回來了，一艘巨大的軍艦，緩緩的靠泊在左營的碼頭。

　　船回來了。環著港區碼頭，登陸艦、驅逐艦、救難艦，以及各類型艦艇齊集在碼頭，旌旗桅杆迎風揚起。水兵們在艦上派工，忙著清洗甲板；加油、加水、添加副食品，一片鑽動忙碌的人影。偶而傳來幾聲長笛，幾艘軍艦正升

火待發，又出航了。出航、回航，都在這裡交會。這是海軍左營的家。

我和副長以及輪機長。五十九年班學長輪機長王吉餘，最近剛剛來到船上接任限官班的輪機長魏榮全，老輪機長已調任第一造船廠修護官。也算是迎新吧，我們三人依續走下舷梯，相偕坐在碼頭前的草地上，大家聊聊天，大家相互認識。這是黃昏之前，鹹溼的海風陣陣吹來，陽光靜靜的停駐在這裡。

一樣熟悉的草地，我們眼明，同樣在草地間，見到有螞蟻出沒的蹤影。是紅螞蟻，就是紅螞蟻，兩列紅螞蟻緩緩的正在前進，長長的路途上，一隻接著一隻。一路似乎在出發，一路走在回家的路上，牠們途中遇見了，還會相互的點頭致意。做為紅螞蟻，一種「費特蒙」的氣味，引導著牠們前進的方向，也牽繫著牠們回家的力量。那是我們看不見、聞不到的一條氣味走廊。

無意間，幾隻紅螞蟻悄悄的爬在我們身上。我們分不清是敵是友，只是不動聲色的，隨手將牠拍打在地上。現在，我們並不想隨意的去揉死任何一隻紅螞蟻。紅螞蟻來到了身上，又回到了他活動的草地上，牠看見了什麼，又

發現了什麼？短暫的交會，短暫的接觸，牠是否記得我們身上留下的鹹濕，牠是否明白我們內心的悲喜？我們不瞭解，但是也會忘記。忘記也好，我們無意與紅螞蟻廝殺對決，留住牠們，讓牠們繼續成群結隊，繼續在屬於牠們的草地上，自足安謐的，快意的爬行。

許多夜晚，我們也曾一時興起，來到碼頭休服中心旁邊的草地上，或坐或躺仰望滿天的星辰。那曾是童年綺麗的夢，那曾是少年青澀的夢，那也是兩位青年軍官壯麗的夢。許多夜晚，他指著天際，告訴我星座的方位；許多夜晚，許多的憧憬，我們在月光下，看一片銀光，如夢如幻，在水際盪漾。

點上一支煙，慢慢的吞吐，慢慢的讓思緒流出去。我學會抽煙還是剛上船不久的事，也是在船上一些癮君子弟兄們起哄下，遞過香煙，先試吸一口，再試抽一支，你一支我一支，竟然上了癮。

海上的日子，不經意的，又過了一年。

「生命是不斷的搏鬥，像海上的一截浮木，這一頭栽下，那一頭浮起。它的毅力是可怕的，也是可敬的。」

紅螞蟻就是紅螞蟻。是嗎？不是嗎？我在草地又見到幾隻走散的紅螞蟻，我看著牠們小小靈活的身軀，不知道是尋路還是覓食。大概就是一種常態，我相信這幾隻紅螞蟻一定會努力找到回家的路。

　　白色大盤帽、白皮鞋，穿上一身雪白的軍服，我會有一份莫名的喜悅。我曾為著這一套海軍制服，深深的著迷，至少，我會相信，做為一個海軍，比起做其他軍人，更合於我心。

　　是嗎？不是嗎？沒有經過大風大浪，不配做海軍。我們內心突然溫熱了起來，也飽滿了起來，驚喜和滿足交織成一片喜悅的光輝。我們互的頷首，相互有力的搭著肩膀，向船上走去，向深深的海洋走去。

將軍溪畔

• 溪墘寮仔

承蒙前國代翁興旺相邀,上週六順著返鄉種田之便,特地偕同內人繞道前往台南將軍溪畔,將軍橋前溪墘寮仔翁國代的家。

翁國代的家今非昔比。翁國代有一份心願也相當用心,他在昔日故居小屋舊址,鳩工興建一幢四層樓式的大型建築,占地不小,室外闢有庭院種植花木盆栽,同時修築圍牆環繞。隔著一條村道,翁國代在此開設一家專營鹽分地帶物產以及土龍養生酒的特產中心,亦具規模。住家和特產中心以及毗鄰的農民活動中心和活動廣場,連結一體,自成一格,我統稱它為翁國代莊園。

翁國代莊園位在台 17 濱海公路路旁,過了將軍橋,向北前去不遠三、四公里處,便是此地的廟宇聖地南鯤鯓廟。

我們去看翁國代。這一天,約好了時間,我抵達時,從大門門縫看去,一眼便見到他正在院子裡整理盆栽。我

在圍牆外大聲的喊他，他頭也不抬，一路喊著叫著，持著剪刀一路跨步衝了出來。多年不見，兩人分外歡喜，內人在旁，也看得出我們有好交情。

　　一個大大的院子，除了種有花木，闢有鯉魚池之外，一眼望去，都是千姿百態，特具造型的古木盆栽，數量起碼上百。翁國代說，他每天都要消磨很多的時間在院子裡，像子女般呵護。他修枝剪葉，澆水灑水，為了一點綠為了一抹綠，細心的照拂，要它們零成長，要它們汲取歲月的精華，要它們不要斷了生機；也要它們有風有型，要它們嶙峋，要它們瘦硬，要它們有虬勁之美，要它們有典雅之秀，也要它們有蒼蒼的古意。他的莊園還有後續工程，預計還要在院子裡造一座假山，所有的物料和土石，都已經運來備妥。

　　他一時興起，說了許許多多，讓我自嘆不如。我倒是在這裡，聽見了將軍溪悠悠的流水聲，以及田間禾實的呼息。時移事惘，讓我從翁國代的身影，看見歲月的歷練，讓他灑脫，讓他自在，讓他豐實，讓他飽滿，也讓他的生命成熟。我喜歡他保有的純樸與真實；真實而有血有肉。他留在自己的期待和感動裡，他是我可敬的友人。

　　翁國代大我兩歲，他入學較晚，是我國小和中學同學。我們都出身貧窮家庭，但他的家境似乎比我還稍差。他八歲喪父，孤兒寡母僅靠著一家小小的柑仔店賣點糖果賣甘蔗維生，孩子們參加升學班惡補，他無力繳交補習費，只能留在當時所謂的「放牛班」。他天生勇敢，沒有去放牛，憑著他聰穎過人，還是以第一志願考上當年的初中聯考，進入省立北門中學。

　　溪墘寮仔是將軍溪畔的一個小聚落，當年僅僅十二戶人家，現在還是同樣的十二戶。這是我相當熟識的地方；我家的村落亦在台 17 線上，兩地相距還不足兩公里。

　　童少期間，我們常會在村間野地嬉鬧，一溜煙，便會來到將軍溪畔。當年，溪上有一座二次大戰轟毀的斷橋橫在水面，孩子們在陽光閃閃的斷柱缺口中，穿梭攀爬。翁國代的家就在橋前，或許當時大家都玩在一起，從而加深了我們深厚的友誼。

　　翁國代在初中畢業後並未繼續升學，但是他在工作、事業的從事、建構中，他透過檢定考試，一步一步走上階梯，一步一步更上一層樓，仍然取得了大學，以及碩士的

學位。這樣決心與目標，這樣的堅忍和付出，讓他擁有開創的動能與韌力，也有更大的視野，讓他擁有更大的事業版圖。

　　翁國代蟬連第二屆、第三屆兩任國大代表。他在事業有成之後，本於回饋鄉里，兩度返鄉在台南大選區投入選戰，都以高票當選。一個窮鄉僻壤的子弟；溪埓寮仔的好子弟，憑著耐心和毅力，一步一腳印，竟然成為一個出類拔萃，光耀地方的公眾人物。即使至今，他雖然不再是中央民代，他仍一本服務的熱忱，排難解困，儼然是地方的耆老，仍具有相當的影響力。

　　翁國代帶著我們夫妻倆來到物產中心的大廳，熱心的介紹，也要我們試吃他的產物。這些年不見，我不知道這是否又是翁國代事業的另一支，他結合地方的產物，跨進了食品業，也把事業的版圖擴展回到了家鄉。這是翁國代的高明，也是他的心願。

　　「翁國代家酒」，是翁國代近三年開辦的地方特產供應中心，除了供應鹽分地帶特色物產外，並以特殊配方釀造的「翁國代家養命土龍酒」作為主打。此味養命酒由於特具的品質和風味，曾在韓國亞洲名廚美食競賽中，以土龍帝王雞、香腸翁興旺，獲有金牌獎。

　　據瞭解，翁國代家族早年自金門遷居來台，同時帶來金門高粱酒特殊釀造的配方。台南將軍又素有土龍酒故鄉之稱，翁國代乃以家族金門高粱酒配方，配合本地土龍酒精隨，並採用高貴藥材及祖傳藥方結合浸泡。翁國代告訴我，土龍酒向來是民間重要的食補，很獲民眾喜愛。這些藥酒的泡製不能輕率，至少都要有兩年以上，也因此，無論在品質、風味、口感和氣韻，都要能獨樹一格，擁有它特好的好滋味。

　　臨走前，翁國代送我兩盒土龍酒香腸。國代說，這是土龍酒、黑毛豬手工釀製的美味。手切豬肉、傳統豬腸腸衣；新鮮、Q彈、養生、健康。

　　我喜歡這樣的會晤，讓我看見一個我所熟識的人，看他的成就和美好；也讓我們在談笑風生中，找回許多昔日共同的話題，帶回人生的種種，帶來人生的況味。

　　將軍溪靜靜地流過。一幢屋宇，一座莊園，在將軍溪畔，在小小的聚落溪墘寮仔，讓我看出奮鬥的勇氣，讓我看出生命的力量；也讓我領受生命的真實與美好。

• 來到將軍溪出海口

將軍溪的源頭在六甲區瓦窯埤附近的集水大渠。這裡丘陵起伏，有幾條河流緩流迂迴匯合形成的窪地，長年保持有豐沛的水量，沿著河道由東南向西北行走，流經麻豆、學甲、北門，來到將軍。十七號濱海公路將軍路段在此橫過溪面，這裡建有將軍溪大橋，橋畔左側有溪墘寮仔，右側有溪底寮，兩端都是幾戶人家的小聚落。自此西下前行約兩公里，便是將軍溪的末段流域；穿過台61快速道路，便是將軍溪壯闊的出海口。

一條全長24.2公里的將軍溪，緩緩前行，緩緩的來到了北門潟湖與台灣海峽。溪北是北門蘆竹溝，溪南是將軍馬沙溝，兩地隔海相望。

這裡南岸有廣闊的田畦，和幾個散佈的村落，包括有頂口寮、中口寮、下口寮、下山仔腳、公館，以及頂山仔腳。溪的北岸，這裡屬北門地區，一片平蕪，有田地，種植紅蔥頭、地瓜，有雜樹林，有鄰近的村落蘆竹溝、二重港和三寮灣，以及零散的一些住屋隱身在林木間。

　　偕同內人，曾經幾度沿著溪畔右岸的柏油路道行駛，既是車行又步行，一路前去，到達海岸線。

　　也看北門潟湖的沙汕和淺灘，也看馬沙溝漁港進出和停泊的船。站在海口堤岸上，海面曠闊一望無際，也聽海湧濤聲陣陣傳來，也看毗連的魚塭以及井仔腳鹽田。如此多樣，如此豐饒，一片自然壯闊的水際，這裡住著許多魚蝦螃蟹和貝類，這裡也有天地盈動以及海洋融滲的氣味。

　　這沙汕，這淺灘，這大片的水域。沙汕紅樹林有水筆仔、海茄苳、土沉香有水鳥群棲，有招潮蟹彈塗魚；淺灘上有蚵棚，村民在此種蚵養蚵，在此摸蜆挖蛤蠣。

　　這一條讓人易於親近的溪流，這裡出海口，海水清澈，水量豐沛，不僅提供兩岸魚塭養殖用水，也是南北兩岸五、六個村落漁撈的所在。村民會駕著竹筏在水面抓捕，他們抓住每天兩次漲潮退潮，退潮之際，村中的男女老少群聚前來，在淺灘上摸蜆抓蛤抓貝。隨意撿拾抓取，便是滿滿的一桶一籮筐，現撈的漁獲，鮮甜肥美，源源不絕，這是上天賜給當地村民的恩物，他們勤奮，他們耐勞，珍惜這

份擁有。所謂「大地藏萬有，勤勞斯有生」那蘊藏豐富的漁產，當地稱為「物配缸仔」。

夕陽時分，我們也在此也見到一條溪出海口的黃昏，但見水鳥群飛海鷗盤旋，海面漁舟點點，更見海天一線落日西懸，金爍爍灑遍了溪口和海面，一片霞光一片瑰麗。

這一片廣闊的將軍溪出海口，其實也是當年學甲地區十三個庄頭，以及將軍地區近海幾個村落的先民，三、四百年前，隨鄭成功軍隊渡海來台，轉進將軍溪在頭前寮登陸上岸的地方。他們來自福建省同安縣上白礁，有的攜家帶眷，有的是羅漢腳，攜帶簡單家當前來，散佈在此。竹籬、茅舍、雞塒、牛棚、豬圈，一代又一代，他們在這裡傳衍不絕的香火，現在這裡有廟宇、有學校、有紅磚瓦厝，也有街衢、樓房；平疇綠野，一片繁麗的農村景象。

眺望大海，不遠處幾艘漁船在海面作業。隨著夜幕來臨，隨著逐漸昇高的濤聲，恍惚間，還有昔日明鄭戰艦、舟船，以及軍民搶灘登岸的情境。旌旗飛揚，一片喧騰，有一番盛況。

將軍溪慢慢慍慍仔行

　　家鄉住在南瀛將軍溪畔不遠農家，童年時常呼朋引伴，一群村童沿著木麻黃夾道的濱海公路，越過阡陌田野，一路呼叫一路奔跑，來到一、兩公里外將軍溪畔溪墘寮仔。一條二戰受轟的斷橋，歪歪斜斜擱在水面上，粗大木造的樑柱板塊半埋在水中，孩子們在寬大不一的缺口破縫中攀爬戲水。

　　溪墘寮有一家小小的柑仔店，是小學、中學同學翁國代翁興旺家開設的。翁國代童年失怙，艱難的歲月，小店由媽媽照顧生意，賣一點醬油、麵筋、醬瓜，也賣零食賣涼水，賣甘蔗，賺一點蠅頭小利。每天看溪看水看一條長長的土堤，無論寒暑晴雨，翁國代視將軍溪為母親的河。他在闖蕩社會事業有成，又回到故居重整家園，伴隨著溪水，有一種滿滿的力量激盪，用心、盡心、獻身地方。溪墘寮有一座設備齊全的農漁民活動中心，這是翁國代為地方爭取建設，起身回饋鄉里的佳作。

　　斷橋的兩端，有兩個聚落，綠叢林木掩映，都是竹篾白牆、半磚土壁，低矮、簡陋的屋子。這一頭，溪墘寮 12

304

戶，對岸另一端棧寮只有 6 戶人家。他們都是農家，以種田為主，同時也在溪上捕魚、捕撈魚苗，是重要的副業。另外也有鮮蚵供應商，長期在此僱用女工鋟蚵，成批供應市面，貨源便來自溪中的蚵棚。我的母親和堂弟媽媽都出身青鯤鯓漁村，有此手藝，長期受僱，每日大清早便來到此地，坐在小板凳上，低頭忙著，一耳一耳鋟開的鮮蚵，裝在臉盆裡，論斤計算工資。庭院裡、大樹下，但見一堆一堆的牡蠣殼，滿地堆置。

溪墘寮有個小渡口，棧寮有個小渡口，常見有長蒿竹筏在溪面撒網抓蝦捕魚，也有人在此摸蜆摸蛤蠣，岸上岸下忙碌的身影，以及四濺的水花，也讓一條溪水顯得忙碌。一條野溪，帶著南台灣日光，閃閃發亮，一條野溪，滿滿的野趣，新奇又好玩；隨著水草舞動，夾著風聲和濤聲，也有海洋波浪般起伏，是孩子們心目中的大海。

將軍溪兩岸，一片平蕪，這裡位在嘉南平原西南海隅，這裡住居鹽分地帶的子民。眺望一望無際的嘉南平原，一畦又一畦，一村又一村。灰牆土壁竹篾茅屋三合院四合院古屋古宅紅磚牆紅瓦厝，這裡有一群莊稼人，不分男女老少，彎腰揮鋤散佈在田野，耕田犁土、畚箕鋤頭，種番薯

種甘蔗種稻米種黃麻和棉花，也種紅蘿蔔種紅蔥頭和蒜頭；帶著鹽分，磽薄的田地上，有甘蔗園、香蕉園、柚子園，有玉米田，有番薯田，有紅蘿蔔地。廣漠的大地上，但見有牛車一袋一袋運鹽運稻運番薯也蔗葉和稻草，沿著鄉間小路緩緩移動。

秋天時節，高過人頭偌大的一大片甘蔗田，包圍了村莊，一隊一隊的人影，在蔗田間穿進穿出，他們都是附近各村落臨時招攬組成的蔗工，男男女女，這鑽動的人影都在一地倒伏的甘蔗中揮動砍收，用蔗刀削除蔗葉，去頭去尾中砍，個個手腳俐落，一綑一綑的甘蔗擱在地上，等著牛車前來運載。一田一田，一個區塊一個區塊，陸續完成。糖廠的大煙囪開始冒煙了，有小火車沿著鐵支路，長長拉著一節一節長長的空空的車皮，載滿了甘蔗，駛向蕭壠糖廠，總爺糖廠。來來去去，廣闊的田野，不時傳來長長的汽笛聲響。

這裡每個庄頭至少都會有一座神廟，每一個村子至少都有一個守護村中的神。他們感念先祖創業維艱，也感念神明賜助保佑，普遍信奉神明。敬神如神在，宏偉的神廟，飛簷聳立，每逢神明聖誕，也是家鄉熱鬧的日子，散居在

遠處各地的村人，都會攜家帶眷返鄉慶賀。廟裡廟外，繚繞的煙霧，有焚香膜拜的善男信女，大廟埕，鑼鼓喧天，有神轎，有眾神的隊伍，有陣頭，有布袋戲歌仔戲，還有康樂隊，家家都擺出宴席，宴請親朋好友，熱熱鬧鬧。

大的聚落、小的聚落；大村莊、小村莊，沿著將軍溪，散佈在溪的兩岸，各自成一隅。綠竹濃蔭、草堆瓜棚、老樹盤踞，冉冉炊煙，一蓬一蓬飄向黃昏的天際村野水澤，有牛隻低頭吃草，有農婦趕著群鴨在秋收後的稻田、在水澤邊覓食，村中還有許多池塘，放養鯽魚、吳郭魚、草魚，還有一些貝類和田螺。

一片平蕪，一片淳樸的鄉村景致。

這裡的住民勤奮刻苦，田間散佈耘土播種的農人，一個個酷陽烈日下曬黑的身子，個個面孔黧黑，許多人在住家旁養雞養鴨養鵝，有豬圈養豬，有人也養養耕牛耕田拉車。靜默的大地靜靜的村落，一片田園的景觀，一片古老的風采。黃槿樹、茄苳樹、菩提樹、大榕樹；野性的綠叢；陽光和暗影沒日沒夜，甘願做艱苦做，像人又像神，人神在此交會；人和神在此共住。

　　這窮鄉僻壤的所在，倒是地靈人傑，出了名人。台灣
政治史上知名人士吳三連、陳華宗、高文瑞、吳鐘靈，以
及三位監委施鐘响、洪俊德、吳豐山、監察院秘書長吳鴻
顯，教育文化知名人士陳奇祿、吳清基，企業知名人士吳
修齊、吳尊賢、吳振良、龔聯禎、侯雨利、陳清曉、高清愿，
還有多位鹽分地帶作家和畫家都在此地出身。我所知道的，
斷橋兩端的小聚落，溪墘寮有兩連任國代翁興旺，棧寮是
兩連任縣長劉博文老家。

　　我現在坐在將軍溪大橋，橋畔高堤一棵黃槿大樹下，
盈耳的風濤，樹上綴滿一朵一朵黃色的花朵，五瓣軟綿，
明媚動人。這裡有一條重新起造，嶄新的鋼筋混凝大橋，
沿著 17 號濱海公路橫跨水面。這條濱海公路縱貫南北，向
南可以通往曾文溪國聖大橋，不遠處的曾文溪出海口、台
江內海以及七股鹽灘地，便是黑面琵鷺每年來訪的棲息地。
一路南行，可遠至台南市區，高雄以及屏東；向北可以路
過北門南鯤鯓大廟，遠至嘉義布袋，以及中北部各鄉鎮、
都會。將軍溪下游近出海口，另有台 61 快速道路大橋橫跨
水面，北向蚵仔寮、南鯤鯓，南向馬沙溝、青鯤鯓、中寮、
台南安南地區，中游有接通將軍苓仔寮和學甲的一條三拱

肋鋼拱橋華宗橋。其他還有大溪橋、玄武橋、橋頭港橋、埤頭橋、文瑞橋、新城橋、溪州橋、黑橋、真理橋,以及許多無名的水泥便橋,接通兩岸,也因此兩岸村落互動頻繁,頗能連結一氣。

將軍溪古名漚汪溪,深藏有舊時歲月的流變,也有豐富的風土人情。它的主要流域歷史,可以追溯到明清年代,三、四百年前的倒風內海,當年汪洋一片,明鄭軍民渡海來台,便在此地登陸。直至今天,後人依然記得頭前寮這個地方。頭前寮,位在將軍溪大橋北端橋畔,棧寮以東的不遠處。

三、四百年前 1661 年,當年隨鄭成功軍隊來台的福建省同安縣上白礁鄉人,他們奉迎家鄉神明保生大帝渡海保護,在頭前寮登陸,並從此在學甲地區十三個庄頭定居。後代子孫沒有忘本,除了在學甲建有慈濟宮供奉膜拜,同時在將軍溪畔的頭前寮舊址,闢建有上白礁渡海登陸紀念碑和紀念亭,以及偌大的一座廣場。每年 3 月 13 日,學甲慈濟宮都會聯合在地十三個庄頭,在慈濟宮辦理大型「請水火」謁祖神明活動,並由學甲十三庄民暨庄內六十餘座

廟宇共同組成一支大香陣，由百足真人「蜈蚣陣」領軍，上面坐著由孩童扮相作傳說的神仙和人物，一路消災除煞，一路遶境十三個庄頭，祭典最後會來到頭前寮廣場，並向將軍溪取水。

這是將軍溪畔一項具有特別意義和特色的慶典活動，也是一項既是祭祖也是祭神的民俗活動；這項儀式同時就是在追念祖先開山墾荒，不畏艱難的精神，具有相當意義。這也是一年一度的盛會，每年都會如期舉舉行，許多出外謀生討生活的人，他們不會忘本，也會帶領家人紛紛回來參加。

同樣的，將軍溪大橋以西不遠處，在南岸亦有將軍庄金興宮白礁亭。金興宮同樣供奉保生大帝，將軍地區沿海的幾個村落，亦有同樣來自福建同安縣上白礁的先民。

三、四百年滄海桑田，三、四百年人間歲月，現在是阡陌田野和大小村落，以及一格一格的鹽田和毗連的養殖魚塭。古樸的鄉民在此耕種三分地五分地、曬鹽、養魚、捕魚，一代傳過一代，一群人在此譜出生命深刻難忘的故事。

這一條平地蜿蜒的溪水，輕手輕腳，靜靜的趴伏盤繞在嘉南平原西南一隅。它的源頭在六甲瓦窯埤附近的集水大渠，這裡是當年舊稱「蕃仔田埤」一帶，東郊有丘陵山區，當年的窪地當年的水鄉，也是昔日大河水流的緩彎地帶。沒有高山峰巒環抱，沒有激湍沒有沖積河床，慢慢仔慍慍仔行，沿途注入大小水路，大小排水，沿著舊日倒風內海，一路迤邐暢行，潺潺流經官田、下營、麻豆、學甲、北門、將軍等七鄉鎮，在舊日改道的曾文溪出海口注入大海。全長 24.2 公里，流域面積 158.4 平方公里。

將軍溪上游、中游，早期豐沛的水量，適足提供兩岸田畝作為灌溉水源，豐沛的用水，讓兩岸擁有繽紛的田園景觀。其後因長期疏於管理，河道逐漸淤塞。一條野草叢生密布的溪水，殘枝敗葉，各種廢棄物塞滿了溪流，又因兩岸附近陸續有多家工廠出現，大量排入汙水，造成重大汙染，烏黑的溪水，終日漂浮翻白的魚蝦。

1991 年初，翁國代返鄉參選國代，眼見將軍溪長年累月受到人為破壞、汙染，一片汙濁，他挺身大聲呼籲，並以整治將軍溪以及彰顯鹽分地帶人文風貌為訴求，獲得鄉

親廣大回響，他特地邀請當時省長候選人宋楚瑜實地下鄉，在將軍溪畔與千餘鄉親見面，宋省長應允全力支持並在當選後兌現，挹注龐大經費，施以整治。這項整治工程，由水利專家暨地方人士多人組成專案委員會，負責規劃、推動，並由專攻水利和海洋工程，成大副校長黃煌輝博士主持。黃博士獲有國家工學博士學位，歷任成大水工試驗所所長、台灣海洋工程學會理事長、台灣水利發展促進協會理事長，64年以成大碩士論文《波浪在水流中之變形》，獲年度中國工程師學會論文獎，在主持成大水工試驗所所長期間，亦成功推動台灣海洋工程實作能力並研發海上箱網養殖技術，其赫赫有名，在水利和海洋工程界有重要地位。尤其可貴者，黃博士為鹽分地帶子弟，出生在七股大潭，後舉家遷居將軍漚汪。黃博士學有專長，善良、淳厚，具人文素養，他深能體認一條溪形成以及造物者偉大，以此胸襟心繫家鄉情，付出努力，也讓將軍溪重又恢復水清溪清，以及兩岸的景觀。

這項工程分三大標案。為兼顧清淤、防洪、灌溉以及景觀美化和休閒，並保留原有的人文風貌，這件整治護岸工程以自然工法施工。

我所知道的，溪墘寮將軍溪大橋至學甲華宗橋一段，由建濠源營造陳邦彥施工承建。陳邦彥來自鹽分地帶，出身台南將軍口寮，同樣心繫鄉情，同樣有關照鄉土的胸懷，他在繼承父親建泰源營造事業，更而擴大規模，建濠源已是營造業界重要品牌。

　　他是我的同村，也是我童少的友伴，我們村中宏偉的吉安宮，便是他挹注龐大經費促成拓建。還記得施工期間，我們在一個場合相遇，也提起將軍溪整治情形，並邀我參訪，當時我服務軍旅，較難時間抽騰約定，一延就是幾年過了，施建工程也完工了。

　　陳邦彥大概也是帶著一份使命吧。他讓將軍溪保住了一份鄉情保住了一份美，依然是一條清澈的溪流，依然有地方的景觀，依然有四季的生態，如此豐饒。

　　三十年後，我現在站在將軍溪橋畔高堤，一棵黃槿大樹下。河畔有花草樹木，河堤有成排的黃槿樹，高大的樹身，枝椏交錯迎風作響；向東向西，一棵接著一棵，一路伸向遠處。兩岸沿途築有 20 米防汛道路，同時規劃有腳踏車與行人專用道，適宜腳踏車鐵馬行、踏青健走。

　　近月來，受翁國代之邀為將軍溪寫歌詞。翁國代心繫將軍溪，更有一份熱情，他希望將軍溪更有生命力，他也希望有更多的人來看將軍溪。這誠然是美事，做為出身在地人的我，我當它是個重要功課，更不敢貿然提筆。這些日子，偕同內人，風風沙沙，我們幾度來到將軍溪畔，沿著河汛道路，既車行又步行，一路來到了出海口。

　　將軍溪的出海口在台灣海峽。這裡是海的盡頭，是陸地的盡頭；這裡是溪海交會的地方，也是一條溪的盡頭，看得見不同的景觀各自形成，它的美麗在它背後深藏的位置。沿著美麗的海岸線，我們在此流連，在此踏勘，我們在此迎著風迎著濤聲。很多的記憶穿透，讓我們記得。

　　走在這裡，走在家鄉的土地上，我在一條溪的出海口，更能真實感受到一份屬於此地庶民，屬於土地，屬於溪流共同融滲的力量，也有我當年與土地與溪流的情感和印記。這一些這一些，也讓一條溪潺潺流動，也讓我更接近更重溫過往，讓我奔跑和發現。

　　那流逝的溪水，那流逝的歲月。我們就在這裡，就在小時候長大的地方，聽將軍溪說它的美麗說它的憂傷；我們就在這裡，發現一條溪的身世和魅力。

- **戀戀將軍溪 / 歌詞**

彎彎長長一條將軍溪
六甲起身慢慢仔慍慍行
大庄頭小庄頭嘉南平原向西直直行
淹田水放塭仔水引來鹽田作滷水
赤腳赤手種植五穀養蝦飼魚甲曝鹽
曬鹽烌塭作穡人討海人
淡薄仔收成淡薄仔翻身
這是鹽鄉人共同同款的寄望

倒風內海一條將軍溪
水面水波水影會說話
西北雨鹹海風滿身海腥海味潺潺流
滄海又桑田滿滿兩百年滿滿是力量
頭前寮矗立上白礁紀念碑
記著鄭王登陸記著軍民落籍拓荒開墾
將軍溪在這裡找到自己的身世和流域
這是鹽鄉人同款共同的回憶

細漢時來到溪墘寮
將軍溪昭昭朗朗是童年的大海
戰後一條大橋長年擱在水面上
現在我坐在堤岸黃槿大樹下
溪水流域整治將軍溪清清清
兩岸林木車道來去來去七鄉鎮
水際海風越來越嘹亮
帶我帶著我盡頭是大海

隨著將軍溪來到出海口
台灣海峽海湧濤聲陣陣來
溪北蘆竹溝溪南馬沙溝
海天懸落日黃昏曠闊一片金爍爍
潟湖蚵棚沙汕紅樹林
漁舟點點長篙竹筏撈網抓蝦捕魚
招潮蟹彈塗魚退潮淺灘摸蜆兮放蛤
將軍溪食伸便便親像厝邊缸仔物配

土色與原味

　　某些困境的書寫，帶著一點自憐和神傷，帶著過往的歲月帶著回憶，一些困頓一些不平被催化被叫醒，浮浮沉沉，好像憂傷多於歡喜，毋寧說這是我的災難。災難是我的，文字是我的，有人看了它，或許，只是個旁觀者。

　　誰知道？某些時候，我的文字沾著有風有雨。我現在坐在田地的木屋裡，透過紗窗，一棵高大婆娑的菩提樹張著枝椏，千萬葉片似言似語，似雲似霧輕擺搖曳。有雨，微風細雨，我看見一隻鳥突然飛了出來；一隻白色的鳥，一隻白鷺鷥探首，飛走了。然後，我莫名其妙的，很直截了當的，要將它送給一個，你；送給一棵不知情的菩提樹。

　　菩提樹接受不接受，我不會知道。那不過是胸中一把火，燃燒而成的一團灰燼，掉落在地上，風會吹跑它，雨水會融化它，土地會埋葬它，融解消釋，很快便消失不見了。

　　我的日子過了一圈又一圈，日子遠了，已經不是當年的流水當年夜裡的星。那曾經有過的日子那傷過的心，已

經曲折有了摺痕。一年好景君須記，我記，我記得，我忘記；天黑了，我不想飛了，天黑了，我流露太多的情緒，已經讓自己受傷。

　　寫作是我的工作紀錄以及生活記事，我從來是認真的。我真實的記載，千言萬語千絲萬縷，一字一句，我用許多文字形塑，概括它，詮釋它，我試圖重回現場，找到一些遺忘的人與事，把一個真正屬於我的記憶找回來。

　　文字的意蘊無窮，某些時候，它是一種鼓舞，它是一種力量，它可以彰顯不公不義，它可以撫平傷痛，某些時候，我會覺得無助，我寫完它，便結束了。我很懷疑，某些文字諱莫高深隱晦如謎，讓人捉摸不定，在欲言又止之間，我沒有太多的敘述，甚且以一念之仁作了迴避。我不明白，是否是我讓它失去了意義？這些不過是生活的渣滓，不過是一堆殘骸事過境遷。我很清楚，我為難了自己，也跟自己過意不去，許多時間，沉溺在文學的世界裡，我癡心妄想，有如守著一畝貧瘠的田地，風雨無阻，辛勤的耕耘，很難期待它開花結果。我在自己塑造的情境黯然神傷，不能自己，不禁悲從中來。

前塵往事，有一些創痕有一些遺憾，我走不出自己的困頓。我害怕某些書寫，我害怕某些內心的獨白，成為情緒的垃圾，或者成為他人的負擔。

　　詩人汪啟疆說我是一個「把皺紋摺在自己內裡的男人」、「內裡心情的傷皺，將之燙平，走出來，一切激情，卷軸般收摺」；汪啟疆說我，「柚柑外面皺了，剝開裡面，甜澤不受影響」。

　　寫作是真切的，千折百廻，終將成為我的依靠。寫作多年，我從來沒有過後悔。我明白，我的生活體驗和工作經歷，不會讓我的文思枯竭，一種鞭笞過的痛楚，一個一個不明的憂傷，它們穿透文字，它們接踵而來，都是我創作的原始動力。

　　我的文字可以漫不經心可以是真性情，可以把時間倒置可以整理自己，可以有感而發可以自由揮灑，它們具有相當的真實性。這些無窮無盡的想像與追逐，這些足以讓我怦然心動的文字與魔力，它將仍繼續佔有我生命重要的位置，它仍將是我一種境界的追求，我將不會輕易的罷手。

　　世事多險惡，我被命運戲弄了。其實，我是一個無法把往事拋諸腦後，把眼淚往肚子裡流的人。我以一種「痛」，治療我的痛苦。我明白，這叫做療傷。

　　二〇〇八年年底，我辭去高雄金典酒店公關企劃部經理的職務。這也是我近十餘年來闖盪社會，遍嘗酸甜苦辣，浮浮沉沉的最後一個職務。我在剛滿六十歲的次日，申請勞保退休，領得少許的一筆退休金，我返鄉以「資材室」的名義，用它在自己的田間蓋了一間工寮，約有十坪大小；接過水，申請了農業用電，儼然是個度假的小木屋，我攜來了電腦和一些書籍，偶而看看書，偶而留點文字，閒來種點瓜果青菜，看它的成長和生機。這是我的第二度退休，距離第一次離退，整整十五年。我決心結束這十五年來的身心煎熬，不再奔波，不再掙扎，不再仰人鼻息看人臉色。十五年如同一場噩夢，一切都是徒然，一切的打拼都抵不過社會的冷酷和現實，都回到了原點。不是負氣，不是停頓，也不是放棄；我未必懂得安身立命，但是，就在那一念之間，沒有太多的轉折，我突然變得冷靜，我不再週旋，我決定留下一點時間，留給自己。

求學迄今，我未作過片刻的停頓，即使未曾刻意的求過工作，竟也因緣際會，不論好壞，我勇於向自己挑戰，一個工作接過一個工作，我未嘗作過休息。每個人的境遇雖有不同，終究在職場有結束的一天，我要趁著體力尚好，把僅有一點剩餘的時間，留給自己想做的事。也趁著腦筋清明，了無牽掛的，留一點時間給寫作。我認為這樣的決定，很合於我的心志。

　　短短的十五年，時間如流水，不過是十五年，驀然回首，都已中老年。陡然看見自己的蒼老，都已變了調。

　　十五年的時間裡，也曾有過晴空亮麗，也曾有過足以示人的頭銜，自有我可以珍惜的；我曾追隨的三位立委，江綺雯、李全教、黃昭順以及一位市議員黃添財，他們都是真誠待人，具有內涵，極有作為的社會菁英。但是，我也經歷了極其惡劣的工作環境，也曾一度在暴力的陰影下討生活，吃過不少的苦。我遇見了神氣活現、反覆無常的人，我也遇見了沽名釣譽、妄自尊大、公器私用、予取予求的空心老倌。我能說什麼呢？我僅用的形容詞，無法說明這一切的惡形惡狀。這些都是我的選擇和決定，只怪我

太過天真，識人不明，甚至當初還帶有幾分感激。我珍貴的十五年，我期待在自己失敗的地方重新站立起來，天不從人願，我喪失了很多機會，也毀在自己的傻氣與隱忍；我以為情勢會改變，我太過相信「明日會更好」，這一些勉人的話語。

沒有身歷其境的人，不知道其中的無辜，不知道其中的可怕。我傷心的是虛擲的歲月。

擁有過，失去過；失去的與留不住的，就讓它離開吧。我很明白，如果我一路平順，如果我不經歷那些人與事，如果我沒有那麼多的挫折與打擊，我看不見種種物，我的許多文字將無法出現。

我信佛教，同時信奉道教，也因為前不久過世的好友呂清源的緣引修習，我是高雄道德院皈依的道教徒。呂清源從事營造業有成，平日樂善好施、熱心公益，尤其視宣揚道教為己任，出錢出力，不遺餘力。他是高雄道德院住持三清太乙大宗師翁太明的弟弟，也是前海軍總部政戰部主任施元榮介紹認識，相交至深的好友，我在競選國大代

表期間，曾出面力挺。做為道教徒，我祈求消災解厄、祈吉保泰；茫茫前路，仍不免幾分忐忑，也因此，我在離開金典之後，從俗的前往高雄五塊厝武廟求了一支籤，是個第九十七號的上上籤，籤詩寫著：

五十功名心已灰
哪知富貴逼人來
更行好事存方寸
壽比岡陵位鼎台

籤詩的第一句，誠然是我此生以來最好的寫照，冥冥中道出了我當下的心境。我聳然若驚，不禁嘖嘖稱奇。

有人退休之後，行過萬里路，看山看水，四處遊歷，走遍國內外各地；有人熱心公益，或者投身志工行列或者參與地方社區事務；有人自得其樂，學才藝作養生，也因此，琴棋書畫、烹飪、手藝、學拳打坐，各有所擅。不一樣的忙碌，不一樣的學習，從心所欲，他們卻活的更真實、更精彩，也更有樂趣。

　　我沒有為遊歷而四處遊歷，沒有為學才藝而學才藝，文學與藝術本來就是我生活的一部份，更也提供了我退出職場的一條途徑。一些屬於自己的閒散日子，我放空自己，竟也悠悠忽忽，有一種喜悅和滿足。我全然卸下了盔甲，偶而留點文字，作一番註記，我選擇了那一份自在與喜悅，倒也雲淡風輕隨遇而安。

　　進入中老年，慢慢的把步子放慢，慢慢懂得割捨和放下，許多願望會逐漸褪去顏色，心情也有了轉折，生命由絢爛歸於平淡。一個漸走漸緩的步子，讓我不必說明離去的理由和出走的心情，看得見蒼茫，看得見中老年的氣味，一切都變得坦然，更也變得真實。中老年的身影，好像一片暮色蒼茫，可以緩下步子，可以安心的等待，可以安心的看風聲慢慢的寂靜，看一輪落日逐漸的隱去。這是生命的分水嶺，生命就在前面的一個盡頭，如果還有一樁兩樁未了的心願，如果還有一點點惆悵一點點夢想，如果內心還有一點起伏，那麼，揮一揮衣袖，忘了它忘了吧。

　　生命又是另外的一番面貌。我霎然覺得時間多了起來；我常會帶著小孫子，在附近的河堤公園閒走。很多從職場退下來的老人，也都帶著小孫子來到了公園。年輕已婚育

有子女的下一代上班去了，年老退休的老人尚稱硬朗，他們給出另一種支撐的力量，沒有怨嘆蹉跎；他們雖然護孫心切，倒是因為沒有包袱，沒有工作壓力，大致都能怡然自得。

　　大概受了當下還鄉種田的一股風潮，以及網站開心農場推波助瀾的一些影響，我興致勃勃拿定主意，決定走向田園，在寫作之餘，做半個農人。對於農家，我相當熟悉，對於農事，我更不陌生。那帶著竹籃子割草的日子、那披著簑衣巡田水的記憶、那趴在秧間低頭　草的經驗；我種過地瓜、種過蔗苗，我插過秧、割過稻子。有多久了，我期待重新擁抱田園，領略個中的滋味。我告訴自己，種田不是我逃避的一個藉口，一種重歸田園的夢想，應該比趕時興多了一些，當中還包含一點童年的記憶和想法。

　　戴著斗笠扛著鋤頭，我以十足的農人裝扮，來到了田園。一塊祖傳的田地，位在家鄉村落不遠的地方，走過濱海公路，從村子前的廟口轉出，繞過一個彎口，便是我們的田地。這一段路途，距離高雄現住地約莫有八十分鐘的車程，我不會在意路途遙遠，每每清晨早早出門，直到落日西沉，才摸黑驅車回家。

　　收工太晚了，便留在工寮住宿一個晚上。我喜歡明月升空的夜晚，我會在屋外的田地上小走，在寂靜之中，守著一份孤獨，看鄰近村落稀疏的燈火。有時星辰黯淡，夜霧包圍，萬籟俱寂，四週一片漆黑；有時半夜風起，頃刻狂風大作，但聞床舖震盪，屋子格格作響；有時夜間來一場驟雨，風狂雨急，有如萬馬奔騰，我在極度疲憊中驚醒。一個人隻身在空曠的田野之中，我有了恐懼，一個人神經緊繃，在床舖翻來覆去，我已了無睡意，不覺之間一股寒意襲來。

　　我會覺得孤單，我會覺得矛盾，我會覺得自己太過天真，沒有必要把自己推向一個莫名的險境。但是，天亮過後，天晴了，千條萬條的金線在田地間照出一道道的光彩，蔚藍的天空，像一片大海。像海一樣的寬闊，像靜靜的村落一樣，我的心境已隨之轉折，心裡更有一份篤定。

　　這是屬於我自己的一塊土地；這是我的家。土地是我的，工寮是我的，這是我的莊園，我在懼怕什麼呢？怕黑、怕壞人，還是怕一些妖魔鬼怪？

這裡雖位屬鹽分地帶，但土地尚屬富饒。民國六十年間，這裡作過土地、水利重劃，大格局大面積的重整規劃，每一塊土地都在一分地以上；大塊大塊的土地，有長有方，規規矩矩，工工整整，一畦接著一畦，既規律又完整，水圳、溝渠和產業道路穿行其中，既便於引水灌溉，也便於農產和肥料運送。我計畫在這裡種下一些果樹，多年以後，讓它成林，成為果樹園。我同時計畫利用空地開闢苗圃和菜園，種植地瓜，種植蔥、蒜，種植辣椒、九層塔，以及各種蔬菜。我不會在乎收益，我不用除草劑，不用農藥，我要以有機肥代替化學肥料，將來有了收成，除了部份自己食用外，尚可拿來餽贈親友。我同時告訴在地的鹽分地帶文化館林金悔董事長，我向他打趣，將來果樹有了收成，或許可以支援文學館的活動使用。林金悔係前文建會文化資產中心主任，也是一台灣文學館開館始祖，多年前，因為有所堅持，罷官辭職後，返鄉成立「財團法人漚汪人薪傳文化基金會」，並會同其兄長捐錢獻地，開設「鹽分地帶文化館——香雨書院」，繼續為地方和文化事業投注心力。

　　多年以來，此地的田地大都處於休耕的狀態，農人請來耕耘機翻土犁過，一陣春雨過後，轉眼間，又是雜草叢

生、野草遍地。我的田地休耕已有一段時日，我重新開發它，更要付出一份心力。很多的日子，我頂著大太陽，揮汗如雨，一邊除草，一邊鬆土，並構築了部份壟道，首先種下了一些紅心地瓜，同時開闢了一畦畦的菜圃，參酌農民曆，並依時序，分別種下了一些蔥、蒜、辣椒、韭菜、秋葵和紅蘿蔔，我也種下了番茄、芋頭和玉米；另外還有一些蔬菜，包括茼蒿、空心菜、甘藍、生菜，以及枸杞、山藥和南瓜。我取了適當的間距，也分別種下不同的果樹，包括龍眼、芒果、荔枝、釋迦、蓮霧、酪梨、檸檬、橘子、柳丁、金桔、桑椹、麻竹、番石榴，也種了不少的香蕉和紅龍果。這些植物種類繁多，絕大部份購自種苗行，我悉心的照料著，不時的為它們培土、澆水、有機施肥、修剪枝葉、清除雜草，我的手腳尚稱敏捷，行動也俐落，這些忙碌的工作委實辛苦，倒是從未難倒了我。

我的臉上晒成了焦黑。日出而作，日沒而息，一身的泥巴，滿臉的汗水，我揮鋤用鏟，手上也起了厚繭。我是個努力而稱職的農夫，我購買了幾本果樹栽培、蔬菜種植的參考書，潛心研讀，我訂閱的台灣時報，每週全版刊載的《農業台灣》，載有大量的實務經驗，內容翔實，極富參考價值，更是我的必讀。我悉心的培植和照料，種下的

青菜雖有蟲子啃食，部分果樹有了枯萎夭折，但大致都能存活，大致經得起考驗，倒也生機處處，綠意盎然。我必須要重複不斷辛勤的耕作，不斷的清除雜草，並且趕過野草蔓生的速度，不能任其荒廢。

田野間可以聽到簌簌的風聲，可以聽見蟲鳴鳥唱，可以聽見狗吠和蛙叫，草地間，有許多的蚱蜢在跳躍；附近還有一池的水塘，一池碧綠的池水，泛著粼粼的波光，夏天夜裡，這裡有流螢點點，白日裡，在水氣瀰漫中，看得見游魚探頭鑽動，又有蜻蜓款款。一望無際的田野，一個個篤實的農人，一個個耕作的身影，他們默默的出現，又默默的離去。春夏之間，田埂上、池塘邊和道路旁，迎著野風，野花不斷的到處綻放，招徠許多的蜜蜂、蝴蝶；春夏之間，隨著耕耘機的機具聲，成群的白鷺鷥，間雜著許多不知名的鳥類，四處湧來，紛紛前來覓食，黃昏時分，牠們成群的又回到近處，植著黃槿、柏姜的小樹林歇息，雪白的身子，棲滿了樹端。到了秋天，玉米成熟，豆子要收成了；冬的蕭瑟裡，撥開乾枯的草葉，這裡有蟋蟀的蹤跡。我曾帶著小孫子在這裡爛土窯、放風箏，讓小孫子慎重其事的，親手種下一棵果樹。這株果樹會日益長大，將來開花結果，也會從一棵小樹，長成一棵大樹。我心中也

有盤算，我預計將這塊土地留給孩子們留給小孫子，將來他們會擁有一座豐美的果園，美好而迷人。

田野常有野狗出沒，牠們成群結隊的越過一畝一畝的田地，在廣闊的田野嬉戲、奔跑，一轉眼間，便進入我的田地。有一隻野狗，約莫一、兩歲，全身漆黑，髮毛黑的發亮，屬台灣原生種土狗，一條公狗，長的既強悍又威猛，頗具威猛，一副虎虎威風的模樣，但是性情溫順，特別喜歡黏人，格外讓人憐愛。只因牠徘徊不去，我開始餵食牠，我叫牠小黑，牠竟然留了下來，從此以工寮為家，結束了一段餐風露地的日子，也成了我忠實的朋友。每次，我從高雄開車前來，遠遠便看見牠蜷伏在工寮的屋簷下，車子一靠近，便飛奔迎接，搖著尾巴，跟前跟後，陪著我下田工作，或者在草地上打滾，樣子開心極了。我大約一個禮拜會來此兩次，我不曉得牠平日到底如何自謀生活，每次前來，我都為牠帶來一鍋煮好的雞脖子、雞骨架配上米飯的狗食，看牠吃的津津有味，我會為牠心安，臨走之前，我也特地為牠準備了乾狗糧，餵食過後，我才會放心的離去。

事實上，我還是放心不下，我怕牠覓食不易，肚子挨餓，我雖然不喜歡輕易麻煩他人，但是，為了一條流浪的狗，只得央請長住在村子裡的童年友伴，定時為牠餵食。我童年的友伴樂於協助，也幫我解除了心中一份罣礙。

　　日子閒閒淡淡，倒也自由自在。我快樂嗎？不需要答案，我忍不住仍要問自己一句；心頭上的創傷，好像已經模糊了。踩著鬆軟的泥土，偶爾身躺在濕軟的草地上，仰望藍天，看一群鳥忽高忽低，從空中掠過，看那白雲宛若輕紗飛絮，偶然的一瞥，竟然也帶來了一些驚喜。日出日落，風起風寂，也環顧週遭，也極目遠眺，這徜徉的一片阡陌田地，我在心裡為它們構築了一個天地，也為它們留下美好的印記。

　　又是傍晚。忙碌的一天要結束了。

　　越過田野，高高的堤壩上，幾條野狗來來去去的奔跑、追逐；大馬路上，兩旁的木棉花火辣辣的燃燒，把整條道路染成了一片血紅；那稀少難見，一輛滿載的牛車，慢條斯理的，從路的一端緩緩的走過來。西邊一抹斜陽佔去了

半邊天，又圓又大又紅；在夕陽的餘光中，騎著單車放學回來的中學生要返家了。他們是路過的莘莘學子，夜幕之中，慢慢的消失不見。

入夜過後，涼風習習，野地的天空滿佈星辰，閃閃爍爍，讓人心馳神往。我記得，摻雜著村舍田野間的幾聲狗吠，這裡聽得到晨雞報曉，明早起來，又是一片白霧茫茫，這裡有不同的聲息與脈動，更有一股青草的氣息，以及清新的泥土味。

明早起來，又是一天的開始，也是我一天工作的開始。明早起來，又接續著很多的明天；日復一日，很多日子便過去了。都過去了，都走了，一年容易又是春又是夏

臺南作家作品集　全書目

● 第一輯

1	我們	• 黃吉川　著	100.12	180 元
2	莫有無 — 心情三印一	• 白　聆　著	100.12	180 元
3	英雄淚 — 周定邦			
	布袋戲劇本集	• 周定邦　著	100.12	240 元
4	春日地圖	• 陳金順　著	100.12	180 元
5	葉笛及其現代詩研究	• 郭倍甄　著	100.12	250 元
6	府城詩篇	• 林宗源　著	100.12	180 元
7	走揣臺灣的記持	• 藍淑貞　著	100.12	180 元

● 第二輯

8	趙雲文選	• 趙　雲　著	102.03	250 元
		• 陳昌明　主編		
9	人猿之死 — 林佛兒			
	短篇小說選	• 林佛兒　著	102.03	300 元
10	詩歌聲裡	• 胡民祥　著	102.03	250 元
11	白髮記	• 陳正雄　著	102.03	200 元
12	南鵲是我，我是南鵲	• 謝孟宗　著	102.03	200 元
13	周嘯虹短篇小說選	• 周嘯虹　著	102.03	200 元

臺南作家作品集 第十三輯(80)

我在；我在鹽鄉種田

國 家 圖 書 館 出 版 品
預 行 編 目（ C I P ）資 料

我在;我在鹽鄉種田 / 林仙龍著. -- 初版.
-- 臺北市：羽翼實業有限公司出版；臺
南市：臺南市政府文化局出版, 2024.01
　　面；　公分. --（臺南作家作品集. 第
13輯；80)
ISBN 978-626-96704-9-9(平裝)
863.4　　　　　　　　　　112015138

作　　　者 | 林仙龍
發 行 人 | 謝仕淵
督　　　導 | 陳修程 林韋旭 黃宏文 方敏華
編 輯 委 員 | 呂興昌 林巾力 陳昌明 廖淑芳 廖振富
主　　　編 | 陳昌明
行　　　政 | 陳雍杰 李中慧 陳瑩如

總 編 輯 | 徐大授
編　　　輯 | 陳姿穎 許程睿
封　　　面 | 佐佐木千繪
設　　　計 | 清創意設計整合工作室
排　　　版 | 重啟有限公司

出　　　版
羽翼實業有限公司
地　　　址 | 108009臺北市萬華區長沙街二段91號3樓之15
電　　　話 | 02-23831363
臺南市政府文化局
地　　　址 | 永華市政中心 708201臺南市安平區永華路2段6號13樓
　　　　　　民治市政中心 730210臺南市新營區中正路23號5樓
電　　　話 | 06-6324453
網　　　址 | http://culture.tainan.gov.tw

印　　　刷 | 合和印刷有限公司
經 銷 商 | 大和書報圖書股份有限公司
出 版 日 期 | 2024年1月初版
定　　　價 | 新臺幣360元
ISBN 978-626-96704-9-9　　　GPN 1011201251　　　文化局總號2023-721

展售處
• 中華民國政府出版品展售門市
　國家書店　104472臺北市松江路209號1樓 02-2518-0207
　五南文化廣場　400002臺中市中山路6號 04-2226-0330
• 臺南市政府文化局文創發展科
　700016臺南市中西區府前路1段195號（愛國婦人會館內）06-2149510